不幹了！我開除了黑心公司

北川惠海

目 錄

不幹了！我開除了黑心公司

北川惠海

輕文學
Light Literature

九月二十六日（二）

九月二十六日（二）

六點起床，搭乘六點四十六分發車的電車，八點三十五分抵達公司。坐在座位上的同時，開啟電腦的電源。

十二點開始午休一小時，但我剛從座位上站起來就被上司叫過去，十二點十五分才得以解脫。徒步三分鐘便可抵達的便宜拉麵店大排長龍，排隊等了十五分鐘，好不容易才輪到我。點菜到上菜花了三分鐘，再花五分鐘把熱氣騰騰的拉麵吸進胃裡，隨後立即起身，走向公司大門旁的狹小吸菸區，單手拿著罐裝咖啡抽菸。這半年來，吸菸量增加了兩倍。直到此時，我才得以嘆出一口氣。這時已經超過十二點四十五分。

十二點五十八分，回到自己的座位。下午一點二十七分，上司在本日發出第三次怒吼。

晚上七點三十五分，上司終於下班。拜託你早點回家。

晚上九點十五分，終於下班了。到了這個時間，電車的發車班次已減少。晚上十點五十三分到家，凌晨一點整就寢。以下重複，並乘以六天。

我並不憧憬當個上班族，但是，也沒有足以令自己熱血沸騰的事想做，因而不知不覺間和周遭的人們一樣勤奮地找工作。

不是我自豪，我好歹是從還算有名的大學應屆畢業。即使如此，這世道早已無法讓人輕易找到工作。總之，我不想輸給周圍的人，胡亂地接受面試。明明一點堅定的自信也沒有，自尊心倒是比山還高。當那些我暗自認定程度比自己差的傢伙被堪稱一流的企業錄取時，我嫉妒得不得了。

對我們來說，盡可能拿到有前途的企業的錄取通知，是最重要的身分地位象徵。

我現在任職的公司並非知名的一流企業，而是印刷相關的中堅企業。老實說，當時沒被所有想進去的公司錄取的我，收到這間公司的錄取通知時真的很開心。我心想要在這間公司有所貢獻、提升公司的利益，爭一口氣給刷掉我的公司瞧瞧！之後，我帶著滿腔熱血進公司，不顧一切地努力工作。

那時候的我還懷抱一點夢想、希望和幹勁。

特急電車宛如掠過鼻尖般絲毫不減速地開走。幾天前還悶熱不已的風，不知道從什麼時候開始帶了點涼意。

我站在人山人海的月台前排，等待開往我家的快速電車進站。

瀏海被突然颳起的強風吹動，令人感到非常煩躁。差不多該剪頭髮了，我卻捨不得花時間去理髮廳。

我的身後是上班族排列而成的隊伍，大家都穿著相似的暗色西裝。雖然年齡不盡相同，但臉上都掛著疲憊的神情。

我是從什麼時候開始不再微笑呢？每天就只是像在重播影像般，一味地消耗時間。

再怎麼努力也不會加薪，但要是沒辦法提升業績，可是會遭上司辱罵。最後增加的只有名為責任制的加班，明明我們一點責任也沒有。

星期六上班是家常便飯。當星期天睡到跟死人沒兩樣時，又會被尖銳的手機鈴聲吵醒。電話另一端是發了瘋般的部長在鬼吼鬼叫，說我負責的客戶打來客訴。

搞什麼鬼，那原本是前輩負責的啊！不要把難搞的客戶硬塞給我！跟我說我到職之前的事，是想要我怎麼樣！真要說起來，前輩之所以會辭職，還不是你這傢伙的錯！垃圾上司！

我也想辭職啊！誰知道這間公司是這副德性？只會在說明會中滔滔不絕地畫大餅，說什麼公司是採行只要努力就能加薪的制度！還說是會正確評估員工實力的工作環境！我現在就想要立刻辭職！

但上班不到半年的我哪能辭職？哪有下一家公司肯僱用這種沒毅力的傢伙？

我這個月已經整整工作兩個禮拜沒有休息了。到了這種地步，哪怕想睡覺或肚子餓也已麻痺無感。

這半年來，身體狀況差到極點。

終於拖著疲憊不堪的身軀回到家，幾個小時後，又要搭電車一路晃到公司。

我簡直要被這種現實壓死了。

在家裡感受到的時間只有轉瞬之間，待在公司時卻覺得如此漫長。雖然想說乾脆去看《相對論》之類的書研究一下，但我根本沒有那種閒暇時間。

然後，心靈得以解放的片刻，就在睡著的瞬間宣告結束。

我深深陷入身體明明想睡，大腦卻拒絕睡眠的感受中。

人，究竟是為了什麼而工作——

進公司三個月左右時，我整天都在想這個問題。

但現在已提不起勁思考。

既然沒辦法辭職的話只能繼續工作，別想些沒必要的事。

整天只殷殷期盼著一個禮拜的結束。

下週日也沒有預定計畫。我沒有時間交女朋友。拜託別吐嘈我說有時間就交得到嗎？別說是女友了，我連朋友也沒有。

國、高中時一起度過青春時代的好朋友，在念大學後紛紛各自拓展新的人際關係，同時也慢慢地斷了聯絡。

然後，原本在大學時代交到的眾多朋友，則在求職漸入佳境時，迅速疏遠我。

出社會後，雖然收到幾次下班後一起喝一杯的邀約，但我實在不習慣和其他人聊工作。要是對方領的薪水比我高……光想就令人作嘔。即使覺得這樣的自己很丟臉，但我終究無法不往這方面想。

現在的我，只祈禱下週日不要有麻煩上身而已。

我沒有假日預定計畫，只希望整天不用做任何事，渾渾噩噩地度過。

我不奢求，就只有這個要求而已，請聽聽我這點願望吧。

神啊，拜託祢。

因為昨天算是假日出勤，晚上六點就回到家了。我機械性地把從便利商店買來的便當送進口中，開著電視有一搭沒一搭地看著。

此時，我聽見從小就深烙在記憶裡，那首熟悉又輕快的旋律。

我懷抱著與小時候截然不同的心情聽著「那首旋律」，不一會兒後，不知不覺間按下搖控器的電源。

感覺一片黑暗的電視畫面，似乎還在播映那齣看似幸福的家庭動畫。

小時候期待看那齣動畫的感情與現在的感情之間的落差，令我幾乎要落淚。

我突然想起學生時代的女性朋友朱美對我說過的話。

為了求職而改變髮色的朱美，在學生餐廳看到我後，覺得機不可失地靠了過來。她原先那一頭美麗的栗色長髮，染成了近乎不自然的漆黑。

「喂喂，你記得橘學長嗎？」

因為她急著想找人聊這個話題，所以表情看起來似乎有點興奮。

我還未開口答話，心想著朱美以前的髮色比較好看時，她不等我回答，逕自說了起來：

「橘學長在進公司三個月後，似乎患了『海螺小姐症候群』耶。」

我完全聽不懂那個「海螺小姐什麼群」是什麼意思。

「那是什麼？」

朱美看見我呆愣地這麼回答，擺出有點誇張的驚訝表情說：

「咦？你不知道嗎？那是類似憂鬱症的症狀。就是聽到《海螺小姐》的片尾曲，就會憂鬱到想死的地步。」（註1）

「為什麼是《海螺小姐》？」

「因為覺得星期天結束了。看完《海螺小姐》後睡覺，醒來就得面對星期一。」

我無視把話說得好像很嚴重的朱美，一直毫無興致地回答「是喔」。

「真是的，你根本不感興趣嘛。」

「不，沒這回事……」

正如朱美所說，我確實對這個話題興趣缺缺。

當時的我，對社會一無所知。

我以為自己擅長交際，很有自信地認為自己出社會後，能在不知不覺中步入軌道。我有許多能一起喝酒聊天的朋友，也不曾對人際關係懷抱嚴重的不安。

我以為憂鬱是與我無緣的世界。

朱美拚命對毫無興趣的我說：

「聽我說啦！那可是美式足球社的王牌橘學長耶！他曾在大學的最後一場比賽裡觸地得分，超帥的對吧！」

女人這種生物就是這樣，不管是什麼話題，說到一半時一定會離題。

很遺憾，帥氣的美式足球社王牌對我而言，更是無關緊要的事。

我開口修正即將偏離到麻煩方向的話題：

「妳很擔心那位橘學長得憂鬱症嗎？你們很要好？」

「與其說是擔心，不如說，你不覺得有點恐怖嗎？」

朱美的眉頭緊皺，神色蒙上一層不安。

註1　《海螺小姐》原是報紙上的四格漫畫，後來改編成動畫，自一九六九年播映至今。播出時間是每週日晚間六點半至七點。

「恐怖？」

「因為他可是美式足球社的社員耶！我們大學的美式足球社實力堅強，練習也是出名地嚴格，不是嗎？在這樣的社團裡成為王牌的人，竟然才三個月就變得如此憂鬱。要是出社會工作比美式足球社的練習還嚴苛怎麼辦？我光想像就快要昏倒了。」

朱美又更用力地瞪大眼睛。在我看來，那一臉不安的表情實在是誇張又刻意。

「學長會不會是精神比較脆弱？」

「咦？怎麼可能？精神脆弱的人，能在比賽中大顯身手嗎？」

朱美聽見與期待不符的回答後，不服氣地鼓起雙頰。我則用宛若無所不知般的態度，滔滔不絕地對她說：

「運動比賽是嚴格要求體力，和出社會後的嚴格要求是兩回事。學長只不過是不擅長承受那方面的壓力啦。就是那個吧？和公司特別不投緣。」

「是這樣嗎？」

「也就是說，學長或許有踢美式足球的才能，但是沒有當上班族的才能。」

「當上班族的才能是什麼？」

朱美噘著嘴，有點冷淡地反問。

不知道為什麼，我竟然以一副人生閱歷比朱美還豐富的口氣，自信滿滿地說道：

「真正厲害的人，不管身處什麼樣的環境都很厲害。出社會後重要的不是體力，也不是耐力，而是腦袋，以及能應付任何人的適應能力。也就是說，擁有『社會生存力』的人，才是最了不起的人。」

不知道是不是覺得跟我說這些只是白費力氣，從此以後，朱美和我聊天時，再也不曾提起橘學長的話題。

如果有時光機，我真想回去那個時候，揪住一臉得意地說這種話的我的衣襟，大吼：「閉嘴，你這混蛋！」

朱美在那時候，便已用比我還冷靜許多的視線觀察社會，也敏銳地感受到社會的恐怖。

相對的，以為自己具備什麼「社會生存力」的我，根本只是個白痴，徹底小看了社會。

後來，我這種白痴的錯誤想法慘遭徹底粉碎，現在深切地感受到社會的嚴苛，與自己有多麼無能為力。

橘學長現在正在做什麼呢？

要是那時候有詢問他後來的狀況就好了。我事到如今才覺得有點後悔。

我不由得朝一旁的男人看去。他穿著一看就知道年代已久的老舊西裝，月台上的明亮燈光照出他稀疏頭髮中無處隱藏的白髮。

縱使是講客套話，也不會誇獎他儀容整潔，不過，不知道為什麼，總覺得那男人的側臉有點像我老爸。

這幾分鐘裡，他始終一動也不動，沒有察覺到我正盯著他，那空虛的眼神深處甚至連一絲光線都看不見。

幾十年後的我也會是那個樣子嗎？是不是穿著老舊的西裝，為了賺取離滿意還有好一段距離的薪水，每天持續過著被單程近兩小時的客滿電車載運的日子？

月台上的電子看板終於顯示往我家的電車即將進站。

總算能回家了。

當我大大地吐出一口嘆息時，西裝的口袋竟然震動起來。

——不會吧。

我掏出正在口袋中震動的手機，看了看螢幕。

一陣暈眩。

是垃圾上司。

裝作沒察覺好了，我今天已經想回家。我不是已用對客戶下跪的氣勢道歉了嗎？不是已經為了和我毫無關係的事道歉了嗎？現在還要我做什麼？反正明天仍是要上班，何必在這種時間打來？

真是受夠了。

回家吧，回家睡覺。

手機非常囉嗦地震動個不停。

一切都很麻煩。

我把手機關機，又塞回口袋裡。

明天上班，我大概會被罵個半死吧。對了，就說手機沒電，而我沒發現手機沒電就睡著了……

不過，這樣講也沒辦法解套吧？我深知找藉口只是白費功夫。

只要睡著，今天就會結束。

醒來便是明天。
真不想睡覺。不要睡的話，明天就不會到來。
既然回到家也不想睡，乾脆睡在這裡算了。
不知道為什麼，我邊想著這些不明所以的事邊闔上眼睛。
此時，我腦袋輕飄飄的，感覺好舒服。
我說不定真的能這樣子站著入睡。
地面似乎漸漸變得軟綿綿。
好久沒有這麼舒適的感覺了，明明沒喝酒卻覺得微醺。
周圍的聲音被阻隔在外，四周安靜得不像身處吵鬧的月台。
維持這種狀態安穩入睡的話，我就會從月台上摔落吧？

這麼一來，明天就不必上班了。

雖然身體感受到的時間更漫長，但實際上應該只過了三十秒左右。
當我閉著雙眼，突然感覺右手受到一陣衝擊。

我驚訝地轉頭，發現有人抓著我，手指緊緊深陷在我鬆垮的手腕肌肉中。那手指並不粗糙，但很明顯是男人的手指。

我的視線慢慢從男人的指尖爬上那隻手腕。

沿著對方的手臂一路看到肩膀以上，我發現那是一位我完全沒有印象、看起來年紀和我差不多的男人。他堆著滿面微笑站在我的正後方。

發現自己與這名微笑的男子只相隔二十公分左右的距離看著彼此，我不由得驚訝地稍微往後仰。

重心落在我大得無謂的頭部，上半身甚至超出月台外。

隔壁長得像我老爸的男人察覺到我的身體往鐵軌傾斜後，吞了吞口水，睜大雙眼。

看來他體內還殘留著一點情感。

不知道為什麼，我稍微鬆一口氣。

要摔下去了——

在做好覺悟的瞬間，一股強大的力道用力拉回我的身體。

怎麼看都很瘦弱的那隻手，輕鬆把身高一百七十五公分的我拉回月台。那不可靠的外貌似乎隱藏著令人無法想像的強大力氣。

男子不改堆在臉上的笑容，對著茫然的我說：

「好久不見！是我啊！我是山元！」

……山元？誰啊？

我困惑地勉強讓大腦運作，探尋自己的記憶。

但是，我完全不記得自己認識名叫「山元」的男子，也對這男子的外貌沒印象。

自稱「山元」的男子掛著孩童般的天真笑容繼續說：

「好久不見耶，小學之後就沒見過了！但我馬上就知道是你喔，因為你都沒變。」

山元咧嘴大笑，露出簡直能拍牙膏廣告的潔白牙齒，用力抓住我的右上臂，並邁步往隊伍後方移動。

「咦……？」

我嚇呆到甚至忘了抵抗，就這樣被山元拉著走。

走到大約月台的正中央後，他終於放開我的右手腕。

我再度認真地端詳這名男子的臉。

他說小學之後就沒見過面，表示是我的小學同學嗎？但我毫無印象。

我記得班上應該沒有說關西腔的同學。

「那個……不好意思，我實在……」

我正打算老實說「不記得你是誰」，山元彷彿要打斷我的發言，滔滔不絕地快速說道：

「哎唷，真的好懷念喔，沒想到可以在這裡遇見你耶！我在升上小四前搬去大阪啦！所以，東京的朋友一個個都沒了聯繫。能看見你真的太開心啦！你現在要回家了嗎？」

「嗯、嗯，算是吧……」

我徹底被山元的笑容擊敗，沒辦法輕易脫口說「不認識你」，只好含糊其辭地回答。

「真的假的！這時機真是太好了！走，我們去喝一杯吧！」

他毫不在乎我因為突如其來的邀請而喃喃說著「咦、不、那個」的模樣，又繼續說道：

「好！走吧走吧！我知道一間不錯的店喔！你吃生魚片嗎？」

「呃……吃是會吃……」

「太好啦，就這麼決定囉！」

山元開心地大叫。

我困惑不已。

「哇，沒想到會發生這麼巧的事情呢！」

他笑著邁開步伐，朝通往剪票口的樓梯走去。

怎麼辦？

他轉頭對依然佇立在原地的我，露出格外出眾的笑容說：

「真的要好好感謝神明耶。」

山元潔白的前排牙齒閃閃發光，看起來打從心底開心不已。

說不定我以前真的和他很要好吧？

轉念這樣一想之後，我突然對於自己想不起他這件事很愧疚。

總之先裝作記得他的樣子，和他聊聊天吧……

我還沒有完全回過神，搖搖晃晃地跟在他身後。

明明是星期一晚上，這間店內裝潢算不上乾淨漂亮的居酒屋中，卻滿是似乎是住附近的客人們，生意相當興隆。

外觀看來年久老舊的木椅上只鋪著薄薄的坐墊，感覺坐起來不太舒適。

山元一屁股坐到那張椅子上，迅速拿起菜單。

我不知道該怎麼辦才好，呆站在原地。

「坐啊！」

山元抿著微笑說完，又從好幾張菜單中抽出一張寫著「本日推薦」的和紙菜單，一本正經地盯著看。

雖然我順勢答應他來到這裡，但接下來該怎麼辦？

總之，我沒有立刻坐下，而是跟山元說自己要去廁所。

山元幫我保管公事包後問道：「點啤酒可以嗎？」隨後又露出我先前曾在月台上看過、那副宛如牙膏廣告般的笑容。我開口回答：「好。」回敬一個和山元大相逕庭的僵硬微笑後，立刻逃進廁所。

和店內裝潢給人的印象相比，廁所明顯乾淨多了。我把自己關在狹窄的空間，急忙取出手機。捲動手機畫面後，看見螢幕羅列著許多久違又懷念的名字。

我撥打給名單中一位整整兩年以上沒聯絡的人。

意外的是，對方並沒有換電話號碼，聽見幾聲電話已撥通的嘟嘟聲後，手機另一頭傳來對方有點驚訝的聲音。

『喂？』

「啊，那個……我是青山……是一……岩井嗎？」

我原本想叫他「一樹」，又馬上改口。

因為太久沒聯絡，很煩惱該不該像以前那樣親暱地喊他的名字。

電話另一端的岩井一樹聽見我的名字後，提高了音調說：

『喔！果然是青山啊！好久不見，怎麼了？』

「那個……不好意思，突然想問你一件奇怪的事情，你記得一個叫『山元』的人嗎？」

『山元？』

「嗯。可能是小學時的同班同學吧……」

『幾年級的時候？』

「這個嘛……啊，他說他在升小四之前轉學，應該是在那之前同班的同學吧？」

『啊，山元……健一嗎？小三的時候曾經同班。』

「啊！山元健一……的確有這個人。他跟我很要好嗎？」

『咦？怎麼突然問這個？你跟他……我好像沒有你們倆很要好的印象。那麼久以前的事，我哪記得啊。』

「說得也是。抱歉，突然打擾你。」

『山元怎麼了嗎？』

「不，不是什麼大事……只是有點在意罷了。」

『嗯？』

「不……已經沒事了，謝啦。」

『喔，雖然我搞不太清楚狀況。話說，你現在在做什麼？』

「咦？」

『工作啦，工作。我們完全沒聯絡不是嗎？』

「嗯……只是個普通的業務。」

『業務啊~很辛苦吧?我現在也在四葉物產當業務,超辛苦的。下次來交換資訊吧!』
「好,到時候再說。抱歉,我現在沒什麼時間……」
『啊,我知道了,下次聊囉。』
「嗯,謝謝你的幫忙,下次聊。」

掛斷電話後,許多情感蜂擁而至。
岩井在四葉物產工作啊……那是我落選的企業,還是我的第一志願。
我有什麼資訊可以跟待在四葉物產的傢伙交換啊?只能拜託他,請務必讓敝公司承接印刷工作吧?明明我的成績到國中左右,都比他還要好耶。
正當我呆呆地思考時,外頭傳來門板吱嘎作響的聲音,看來是有人進來了。
我趕緊沖水做做樣子,離開狹小的廁所。

回座位的短暫路上,我不停在腦中複誦他的名字。
山元健一……
不行,我果然想不起任何與他相關的深刻回憶。

別說是回憶，我連那張臉都毫無印象。他以前就掛著那麼有特色的笑容嗎？真要說起來，我記得他那時候似乎是比較穩重的同學。還是搬到大阪，人就會變得開朗？或許有可能吧。

「抱歉，讓你久等了。」

回到座位後，我拿回寄放在山元身旁的公事包，勉強把屁股塞在小小的坐墊上。

「不，我又沒等很久，沒關係啦。」

山元的啤酒已經少了一半，我也逐漸習慣他那開懷的牙膏廣告笑容。

「泡泡快消失囉。」

山元指著我的啤酒杯，垂著眉毛噘著嘴，露出似乎很遺憾的神情。

「啊，沒關係啦，剛剛廁所人太多了。」

我試圖把眼前的山元那張豐富的表情，和薄弱回憶中小時候的山元面容重疊在一起，但還是不太順利。

不管怎麼思索，想不起來也無可奈何。

沒有泡沫的啤酒仍殘留一點冰涼，我喝下三分之一後，試著開門見山地直接問山元：

「喂，你怎麼還記得我呢？」

山元邊用指尖把玩毛豆，邊露出思考的神情。然後，他笑了笑說：

「因為你的臉都沒變。」

「是嗎？」

「你自己不會知道吧？」

他說得對，我根本不知道自己的臉和以前相比有沒有變化，也不曾留意過。

「我倒覺得你有點變了。」

「是嗎？因為說起大阪腔的緣故？」

「啊～的確沒錯，一定是這樣。果然去了大阪之後，就會講大阪腔啊？」

「畢竟我那時候還小嘛，現在徹頭徹尾是個大阪人囉。」

「哈哈，原來如此，果然大家去了那裡就會變有趣吧？」

我如此大笑的瞬間，山元突然指著我大聲說道：

「就是這句話！」

「啊？」

他突如其來的舉動，讓我不禁冒出錯愕的聲音。

「不可以那樣說，絕對不可以認為所有大阪人都很有趣啦。你知道那樣會讓對話的難度提高多少，又會多麼傷大阪人的心嗎！」

「咦，是這樣嗎？」

「最近電視節目上也很愛說，大阪人的對話彷彿相聲之類的，但那是因為周圍有人肯那樣子接話而已！要是情況不同，突然就要人講些好笑的事情，簡直是私刑嘛！」

「這樣啊，我知道了，也會如此提醒周圍的人。」

我覺得山元突然怒氣沖天的模樣很可笑，嘻嘻笑著如此回答。

「喔！你可要好好跟大家說喔！你怎麼笑成這樣？」

山元說完，也邊喝啤酒邊笑個不停。

「你也在笑啊！」

「喔！剛剛的吐嘈不錯，有一手呢！」

山元拍拍自己的上臂，又笑了笑。

真是不可思議的氣氛，明明十幾年沒見面，卻完全沒有久違的感覺。

他彷彿是我從很久以前就非常要好的朋友。

我們以前果然是好朋友吧？
轉眼間乾了兩杯啤酒的我們，理所當然地點了第三杯，開始聊起以前的事。
「山元啊，你記得我們國小時的事嗎？」
「嗯……不記得！」
「搞什麼啊！」
我苦笑。
「青山呢？你記得以前的事嗎？」
山元反問我一樣的問題。
「嗯……」
「不是和我有關的事也沒關係，談點過去的事情吧，例如以前的夢想之類的。」
這麼說的山元，流露出令人詫異的溫柔眼神。
我真的好久沒有想起「開心」是什麼樣的感覺。說不定自從出社會工作以後，我都不曾徹底放鬆身心。
第三杯啤酒送上桌後，我滔滔不絕地說：
「以前的夢想啊……是什麼呢？我最初的夢想是當足球選手吧。你呢？」

「我想當電影導演。」

「咦？真老成耶。國小的時候只會看卡通吧？」

我幾乎沒有機會聽人談論夢想。雖然現在只是在聊過去的事，感覺卻像在分享祕密，真讓人興奮。

我回過神來才驚覺，不管是現在的時間、明天的工作，以及今天是惡夢星期一這件事，全都已被我拋到腦後。

「對了，你記得村老嗎？就是小學三年級的級任老師，總是穿黑色運動外套的那位。」

我夾起簡直是至今吃過最好吃的花魚，灌著啤酒。感覺今天的我不管是幾杯都喝得下去。

「喔～啊～真懷念呢。」

山元瞇著眼睛說。

「他現在似乎仍在當足球社的顧問。明明我還在那裡念書的時候，他看來就連跑步都嫌麻煩。真虧他能做到現在耶。」

我回想起村老宛如塞入整顆西瓜的大肚子。他的肚子現在是什麼模樣呢？一想像禿頭的村老挺著肚子跑步的模樣，我不禁露出微笑。

山元停下拚命夾著花魚肉的手，說道：

「村老小時候的夢想，說不定就是當足球社的顧問喔。」
「是的話，他不就完成夢想了嗎？不過，正常來說應該是想當足球選手吧？」
「以前還沒有職業足球吧？」
「啊～說得也是，J聯盟（註2）似乎是我們出生後才成立的。」
「那時說想要當職業選手，大概只有職業棒球能選吧。」
「我到現在都還記得那一屆的法國世足賽喔！總之是在法國舉行的比賽。那說不定是我有生以來第一次看足球比賽。當時我雖然不太懂規則，但看得非常興奮，還拚了命加油。」
「你現在不踢足球了嗎？」
「只踢到高中而已。讀大學後，我雖然參加了室內足球社，但只是玩票性質而已。」
「就是所謂多彩多姿的大學生活吧？」
「好過時的說法。」
我和山元同時笑出聲來，彷彿回到高中時期。
雖然不知道高中時的山元是什麼模樣，但一定也是這種感覺吧。他的朋友絕對很多，在班上大受歡迎。如果是在我班上，他的綽號毫無疑問肯定是「牙膏」。

「差不多是末班電車的時間了吧？」

山元來到店裡後，第一次看向自己的手錶。此時我們剛好喝光第四杯啤酒。

「嗯，對啊。」

我隱藏自己依依不捨的心情，一臉無所謂地摸索自己的公事包，掏出錢包。

「你免出啦。」

山元制止我掏錢的動作這麼說。

「咦，為什麼？」

「是我突然約你的啊。」

「我又不介意！」

我們很有日本人作風地邊搶著付帳邊往收銀台走去。這麼說來，我根本沒好好看過價錢。

見我走到收銀台前仍不肯收起錢包，山元對我說：「下次再讓你出就好啦。」

聽他這麼說，我便乾脆地把錢包塞回公事包裡。

或許我是不希望這次均分了餐費，就再也沒機會約下次的聚餐。

註2　日本職業足球聯賽，簡稱「J. League」，成立於一九九三年。

和山元相處的時光便是如此愉快。

離開價格比想像中便宜的居酒屋，往車站走去時，我才發現自己沒和山元交換聯絡方式。

當我把手伸進口袋，準備拿出手機時，山元突然停下腳步說：

「青山，給我你的手機號碼。」

也太湊巧了吧！聽他這麼說，我不禁放鬆下來。

「你在笑啥啊？」

山元雖然這樣問，卻也同樣笑個不停。

「沒有啦……」

「這時候應該要吐嘈『你不也在笑嗎』才對吧！」

正當我想著「啊，真是失算」的同時，山元緊接著開口說：

「唉～唉～你果然還不到位呢。我們下次見面前，你可要好好鍛鍊一下喔！」

山元邊說邊拍了拍自己的上臂兩次，嘻嘻笑著。

那是他本日最後一個牙膏廣告般的笑容。

我也回敬他本日最後一抹笨拙的微笑。

十月十日（一・國定假日）

今天從一大清早就是好天氣。

以前我不會在假日的中午以前起床，也不曾沐浴著陽光緩緩地伸懶腰。

我沖了澡，穿上新買的襯衫，在鏡子前用髮蠟抓了抓頭髮，玩了一下髮型。

『假日更要拿出幹勁好好打扮啊！』

山元如此說道。

『就算約會的對象是男人也一樣！』

一開始我只覺得他囉嗦，但試著實行後發現，只不過是比平常還要早起床整裝，情緒就莫名跟著昂揚起來。

雖然說要好好打扮，但我一件能看的衣服也沒有，所以還找了時間去購物。

在外頭跑業務時，我開始會邊走邊欣賞街上的櫥窗。玻璃窗內的小小世界總是色彩繽紛，光看便能感受到季節的變化。看著店員的服裝，也能略知當下的流行。即使無法買高價位的服飾，添購新衣這項行為也遠比想像中還要愉快，我逐漸知道自己喜歡的顏色或款式，甚至去了以前嫌麻煩的髮廊。

更換服裝後，心情也會隨之變換；變換心情後，表情也會跟著改變。
沒人想和一臉鬱悶的人說話，更遑論跟這種人買東西——我直到最近才發現這個道理。
事實上，在職場中有人說我的氣質變了，業績也稍微提高。
雖然只有一點點，但我開始對工作產生自信。

我小跑步通過剪票口，飛奔進電車車廂內。快來不及趕在約定的時間抵達了。
遺憾的是，今天約會的對象也是山元。
打從相遇之後，我每個週末都會和山元見面，上禮拜是一起去看了我喜歡的足球比賽，前天禮拜六則是一起去購物，然後看了山元喜歡的電影。平日偶爾會在下班後一起吃頓飯，簡直是剛交往的情侶。

上次見面時，山元問我在做什麼工作。
我說自己是「業務」，順手遞了一張名片給他。
後來，山元給予我許多工作上的建議。
從小細節到與工作有關的多方面意見都有。

例如領帶顏色選明亮一點的比較好，或是剪短頭髮露出耳朵之類的。又或是向客戶說明的時候，要用比平常慢一點五倍的速度說話等等。

「可是，話說得那麼慢，不會被人以為是笨蛋嗎？」

聽我反問，山元露出招牌的牙膏廣告笑容，對半信半疑的我斷言：

「絕對不會！我保證。」

「是嗎？」

「我跟你說，所謂的大人啊，就算聽不懂對方說的話，也沒辦法說：『我聽不懂，請再說一次。』他們就是種愛耍帥的生物。所以，你最好像面對小學生一樣，親切仔細地慢慢說。」

「原來如此……」

「如果怕被客戶罵說『這點小事我早就知道了』，只要先講『我想您應該已經理解，為求慎重請容我再次說明』就沒問題。然後，對方會得意地說起他知道的內容，你就回說：『啊～好厲害喔～您怎麼那麼懂～這不是知道得比我還詳細嗎～』」

「太隨便了吧！」

因為他的說法實在太奇怪，害我笑個不停。

「記得把口氣換成東京的腔調喔。我是說真的，如果有機會可以誇獎對方，不管是什麼小事都要誇獎。想讓對方聽我們說話，就要先聽聽對方說話，把話題帶到對方身上。如此一來，對方就會願意聽你說話，這樣才能和首次見面的人建立起關係。」

我相當佩服山元的迷你講座，便問起之前一直沒問的問題：

「話說回來，你在做什麼工作？」

「現在？我只是個尼特族。」

「尼特族！你沒有工作嗎？」

難怪無論我何時約他，他都會二話不說地赴約。

「我勉強有在做點像是兼職的工作啦，要賺伙食費嘛。」

「這樣沒問題嗎？你正在找正職工作吧？」

「正職工作嗎……不過啊，人就算不做正職工作，意外地還是活得下去耶。」

山元若無其事地回答，說不定是有什麼隱情吧。我放棄繼續深入地追問下去。

「我一直以為你在做業務或是販賣商品的工作。」

「那是因為俺流著大阪商人的血液咧。」

山元用連我都知道有問題的大阪腔回答。

「不對吧，你是流著東京的血液吧？你不是在這裡出生的嗎？」

「我爸媽本來就是大阪人。」
「這樣啊。」
「騙你的。」
「咦？到底是怎樣！」
「我是在告訴你，別小看大阪商人啦！」
「搞什麼啊，我都混亂了！」
我驚訝得大笑，山元也好像很開心似地搔搔自己的鼻子，嘿嘿笑著。

到底哪些是謊言？哪些是真話？他是以多認真的態度給我建議？老實說，我不知道。但毫無疑問的是，山元隨意的話語稍微改變了我，也開始對我的工作有正面的影響。

要是山元那天沒有在那座月台找到我，現在的我會是什麼模樣呢？
光是想像就覺得恐怖。
話說回來，就算我的外表真的完全沒變，還真虧他能認出國小三年級的同學耶。
因為怎麼想都覺得不可思議，我便問了山元。

結果，山元先是說了「我可以回答有點肉麻的答案嗎」這句前提，才回答：

「你一定會嚇死，因為這或許就是命運。」

說完，他笑了起來。

我也說服自己，就當作是這樣吧。

一場偶然發生的奇蹟般再會。

如果這就是我們倆的命運也不錯。

多虧如此，我才能夠得救。說不定神明真的在守護我。

我由衷感謝這坎坷的命運。

一週之歌　　作詞作曲／青山　隆

星期一的早上，真想死。
星期二的早上，不想思考。
星期三的早上，累得要命。
星期四的早上，稍微輕鬆一點。
星期五的早上，有些開心。
星期六的早上，超級幸福。
星期天的早上，稍微有些幸福，但只要想到明天便開始憂鬱。
※以下重複。

這是我到職的第一個月，為了逃避現實所做的歌。不管到了何時，我都像個白痴。

今天是星期三，一整週的折返點。也就是說，身體差不多覺得疲倦了，一個禮拜卻還有一半的日子要過。對我個人來說，是最難保持工作熱誠的一天。

不過，今天的我卻從白天開始便幹勁滿滿。

我站在鏡子前，仔細繫上山元在上週幫我挑選的領帶。領帶顏色是宛如澄澈秋空般的美麗藍色。

自從我進這家公司便一直往來、名為「小谷製菓」的零食公司，即將成為我少數接到訂單的客戶。雖然他們這次下的訂單只是公司內部的公告單這種小東西，但如果順利的話，說不定下次會讓我們公司印製包裝在巧克力中的口味說明書。只要能努力談成一次契約，今後便會成為公司的重要客戶。說不定這會是我到職以來所談妥的最大契約。

「早安！」

原本我以為自己會是最早抵達辦公室的人，沒想到五十嵐前輩已經先到了。他可說是這個部門的王牌，大家都對他佩服不已，也是我憧憬的對象。他不僅外表帥氣，個性也好得沒話說，自從我進公司以來總是很照顧我，是少數容易親近的其中一位前輩。

「你一大早就很有精神呢。」

五十嵐前輩頂著端正的容貌，露出一如往常的溫柔笑容對我說道。

他繫著接近粉紅色的淺紫色領帶，很適合他。

這麼說來，前輩總是繫顏色明亮的領帶，說話速度也比部門內的任何人要慢。在講話速度快的大多數人之中，前輩之所以散發出從容與溫柔的感覺，或許和他緩慢的說話速度有關。

「因為我今天可不能沒幹勁。」

「要去拜訪小谷製菓嗎？怎麼樣，有機會嗎？」

「目前感覺還不錯，正在進行萬全的準備。」

「這樣啊，我看你最近狀況挺不錯的，要是簽下這客戶可不得了喔！若是有什麼地方不懂，儘管問我吧。」

「好的！謝謝你。」

如果這件案子順利談妥，就能給我莫大的自信；加上實績優秀的前輩也願意支持我，沒有比這更可靠的奧援。

感覺這次一定能成功。

不管工作多艱辛、多費力，只要拿得出成果，精神上就會輕鬆許多。人們常說「病由心生」，只要精神狀態穩定，身體也會不可思議地充滿活力，甚至連加班也不算什麼。

雖然部長的吼叫聲依然沒變，但由於我開始會跟山元吐苦水，壓力因此減輕不少。

我實際體會到自己進入不錯的週期。

振奮起精神後，我準備外出拜訪小谷製菓。

「那麼，今天順利嗎？」

我和山元再度來到兩人第一次一起喝酒的那間居酒屋促膝談心。今天店裡的來客量宛如店名「大漁」一般豐收。

因為我想趕快報告今天的結果，下班回家前便找山元出來吃飯，他也連聲答應。

「嗯，感覺挺不錯的。對方的負責人姓『野田』，是我進公司以來一直接洽至今的人。對方一開始實在很難接近，現在終於肯跟我聊點東西，最近還願意跟我談私人的話題。啊，他說孫子在上個月出生了；還說在孫子能吃巧克力以前，都要繼續努力工作……」

說著說著，我突然回過神來，看著山元說：

「抱歉，都是我一個人在說話。」

「沒關係啊，然後咧？」

山元溫柔地微笑追問。

「然後啊，他說他感受到我的誠意和熱情。雖然為數不多，但我總算能簽下一筆訂單。」

「太好啦！」

山元開心似地瞇著眼睛。

「順利的話，下次說不定能拿到更大筆的訂單。」

我變得多話。

「很棒耶，希望你能這樣一直順利下去。」

我坐在彷彿是為了自己的事而開心微笑的山元面前，挪動一下屁股，盡可能端正坐姿。

有件事情，我無論如何都想傳達給他知道。

我挺直背脊，直視眼前的男子，他露出一臉不可思議的神情。

「山元，各方面都很謝謝你。」

山元因為我出乎意料的發言，露出驚訝的表情。

然後，他有點害羞地回答：

「啥啊？」

「如果沒有你，我就簽不下這筆訂單。」

山元不好意思地笑著，伸手拿起啤酒杯，看來是要掩飾害羞。

「說什麼傻話啊！那是靠你自己的實力，用努力和誠意換來的賞賜。」

「不，是你改變了我。我之所以可以拿出自信和對方洽談，都是多虧有你給我建議。真的很感謝你。」

山元聽我這麼正經地道謝，哈哈大笑著說：

「怎麼？你喝醉了嗎？」

「我還沒醉啦。」

我微笑回答，山元又更開心似地笑著。

那張笑臉自我們相見以來始終沒變。

我的笑臉又是什麼樣子？有沒有變得比較自然呢？

如果山元眼中的我也有些變化就好了。

我希望總有一天，也能做一個讓他人覺得「這傢伙的笑容真棒」的人。

不僅是讓山元這樣想，也要讓周圍的人這樣想。

我興致高昂地喝光第二杯啤酒時，山元說：

「青山，你最近常常加班吧？今天差不多該回去了。」
「咦～要走了嗎？」
「搞壞身體可就不值得囉。」
我看了看手錶，時間已經過了晚上十點。
「等你確定簽下契約，我們再悠閒地辦一場慶祝會吧。」
說完，山元再度露出笑容。
「說得也是。啊，今天是我找你吃飯，我來付！」
我搶奪似地伸手拿走帳單，急忙找起公事包裡的錢包。

走出店外，外頭起了點風。變得比之前還冷的風，吹向我因為喝了啤酒而發熱的臉龐，感覺真是舒服。
山元也像是覺得很舒服似的，任由晚風吹動短髮。
「今天感謝你的招待，慶祝會就由我找間好店吧。」
「真的嗎？太棒啦！好期待啊。」

「明天可要適度地加油喔。」

山元說完，轉身背對我邁步前行。

「喔！謝啦！」

我朝著他的背影說道。

山元背對著我舉起一隻手回應。

我邊散步邊想，這風吹得真舒服。

四季之中，我最喜歡的便是秋天。天氣不冷也不熱，而且沒有花粉到處亂飄。

最重要的是，秋天輕柔地吹拂的涼風，能穩定我的心靈。

我深信一切都已步上軌道。

十月十五日（六）

十月十五日(六)

正如山元所說，我最近總是在加班。

雖然我和以前相比變得有幹勁許多，但幹勁和體力是兩回事。即使我發憤圖強，實際上還是很辛苦。

不管多麼努力，要是搞壞身體可就不值得。山元說得沒錯。

明天是星期日，我就好好睡個覺恢復體力吧。

我這麼一想，便比平常還要早把工作告一段落，快步回家。

抵達自家附近的車站時，手機彷彿算準時機似地響起。

腦海中一瞬間掠過部長的臉，讓我下意識地顫抖一下。

提心吊膽地拿出手機、看向來電顯示的人名後，我又因為其他原因嚇了一跳。

「喂？」

『啊，是我，岩井。』

「喔喔～之前真是謝謝你啊。」

『啊～關於之前那件事，我跟你講完電話後莫名覺得很在意。』

「嗯？」

『所以我稍微向很多人打聽了一下。』

「打聽什麼？」

『山元健一啊。』

「啊……嗯，那件事……」

正當我準備說出「已經沒關係了」的瞬間，岩井脫口說出我萬萬沒想到的事。

『那傢伙現在人在紐約喔。』

我無法立即理解這句話，沉默好幾秒後，才擠出聲音問：

「……什麼？」

『我是說，他人在紐約。健一那傢伙，現在在紐約做舞台相關的工作耶。很厲害吧？』

「你說現在，是指現在這時候嗎？不是已經回來日本之類的？」

『沒有啊？我是昨天才問到這件事。他現在可是正忙著舞台相關的工作。他以前看來一點也不起眼，讓我嚇了一跳耶。不過現在想想，他當時就和大家不太一樣，感覺比較成熟，或許本來就有藝術細胞吧。』

「咦？他、他現在人在紐約嗎？」

『我都說了不是嗎？』

「這樣啊……」

『我想你可能有事找健一，所以才聯絡你。要是我知道他的聯絡方式，要不要通知你？』

「不、不，已經不需要了。」

『這樣啊，那就好。』

我想趕緊整理混亂的思緒，試圖結束對話。

「你是因為這樣才特地聯絡我嗎？真不好意思。」

『不，沒什麼啦。啊～還有，我想約大家一起出來喝一杯。你最近有沒有跟幹生聯絡？我這次是跟他問到健一的事，因此難得打了通電話給他呢。』

「嗯，我很久沒聯絡他了。」

『你也很久沒跟我聯絡啦。』

「嗯，是啊。雖然我之前突然就打電話給你。」

『哈哈，沒錯，突如其來的聯絡總是令人有點緊張。不過，你願意打電話給我，我很開心喔。出社會以後，都沒時間和以前的夥伴相聚。』
岩井的聲音傳來一股寂寞。
看來他特地聯絡我，不只是想告訴我山元的現況而已。
「這點我也一樣。」
『現在忙於工作嗎？』
「有一點，最近正忙呢。」
『這樣啊？等你忙到一個段落，大家再找時間碰面吧。我是說真的。』
「是啊，等忙完之後大家碰個面吧。」
這不是客套話，我是打從心底如此希冀。
我想起過去那段和朋友們徹夜聊天、令人懷念的國中時光。
「喂，一樹。」
『嗯？』
「在四葉當業務，很辛苦嗎？」
『啊～嗯，很不妙喔。我為了不要沉下去，努力掙扎個不停。』
「這樣啊……大家都很辛苦呢。」

『是啊，人生可是很辛苦的～』
「哈哈。」
『下次再聊吧。』
「喔！下次再聊，我真的會聯絡你喔。」
『好！等你打來。』

掛斷電話後，各種情緒在我體內交錯流竄。
大家都一樣，奮力掙扎、不停摸索尋找著自己該走的路。
岩井……一樹也一樣。在越大型的企業工作，越是龐大的阻礙和壓力，便會沉甸甸地壓在人身上吧。
等這次簽訂契約後，和大家一起喝一杯吧。
一起抱怨公司、表達對社會的不滿，沒必要再裝模作樣。就像碰巧坐到我們旁邊、自大神氣的年長者，滔滔不絕地說「最近的年輕人啊」這類壞話一樣，我們就大聲地一吐怨氣吧。

話說回來——

我凝視著天空思考。

山元……

他不是我的同學山元健一。

那他究竟是誰？

為什麼會出現在我面前？

為什麼在相遇後，幫助我到這種地步？

我不懂。

山元……

你究竟是什麼人？

十月十五日(六)

我迅速回到家，急忙打開電腦。

Facebook、mixi、MSN……現在有許多能幫人輕鬆鎖定特定人物的網路工具。

我著眼於Facebook，心想這裡應該刊載了可信度相當高的個人資訊。

當我在搜尋欄位中輸入「山元」時，突然想到一件最重要的事。

我不知道山元的名字是什麼。

直到剛才為止，我都深信「健一」便是他的本名，無從得知他真正的名字。

為求謹慎，我試著用羅馬拼音輸入「YAMAMOTO KENICHI」。

網頁上出現許多人名。我又將居住地鎖定在紐約，繼續搜尋。

從羅列的個人資訊中，我發現一個像是我要找的人。那人的工作內容和舞台有關。

打開那人的個人頁面後，我看見頁面上除了羅馬拼音以外，還用漢字寫著「山元健一」。

這喚起我塵封已久的記憶。這麼說來，我有印象這位同學名字的漢字是這樣寫沒錯。

他在自己的頁面上貼了好幾張公開的照片。

看過照片後，我更加確信了。

這名同學在我薄弱記憶中殘留的樣貌，毫無疑問和照片中的「山元健一」一模一樣。

他似乎勤於更新自己的頁面，還上傳了看起來像是昨晚吃的簡單餐點，並用英文留下留言。雖然我看不太懂，但似乎是說他的工作拖長了。

我的同學「山元健一」確實待在紐約。

我關閉了久違的山元的個人頁面，又再度回到搜尋畫面。

這次只用片假名輸入「山元」這個姓氏。

按下搜尋鍵之後，出現大量資料，數量多到我無法逐一確認。

如果知道他的名字，至少可以縮小搜尋的範圍。

我不停地思考，突然想到一件事。

說到底，「山元」真的是他的本名嗎？

或許他只是隨口說個常見的日本人姓氏當作假名。

我越想越摸不著頭緒。

他真的從以前就認識我嗎？

不，我認為他原先並不認識我。

十月十五日（六）

我只是因為剛好與他相處融洽，才產生自己本來就認識他的錯覺，實際上我們根本是毫無交集的陌生人。

這麼思考之後，我反而覺得一切都說得通了。

既然如此，他為什麼要假裝是我的朋友接近我呢？

當我的朋友有什麼好處嗎？

雖然自己這麼說實在很哀傷，但接近我根本沒有任何好處可拿。

莫非是要讓我相信他，藉此趁機推銷東西……這不是詐欺的新手法嗎？

疑心生暗鬼的我拿出手機，寫了一封約山元吃飯的簡訊。

『明天晚上有空的話，要不要去「大漁」喝一杯？』

我煩惱了一下，隨後按下寫著「送出」兩個字的按鍵。

他的回信就像往常般快速。

『收到！』

明天，我們要在常去的居酒屋碰面。

我在店門口等待，不一會兒他就帶著笑容出現了。我們結伴走進店內，發現店裡竟然比平常還要熱鬧。

我不等生啤酒送上來，立刻切入正題。

「喂，你其實不是我的同學吧？」

我受不了繼續稱呼這個不知本名是什麼的男人為「山元」，感覺到自己對此非常抗拒。

山本被我直截了當地如此逼問，似乎有點不知所措。

但下一瞬間，他原本看來有些僵硬的神情消失，臉上再度浮現平時那抹微笑。

然後，他若無其事地說：

「啊，被拆穿啦。」

這下子輪到我不知所措。

「說什麼拆穿……你是……」

山本依然滿不在乎地對無言以對的我說道：

「哎唷，我原本以為我們是同學，但搞錯了嘛。」

見到他毫不心虛、滿面微笑的模樣，讓我差點回答：「什麼嘛，原來是搞錯啦～」幾乎要被他說服了。

我慌張地用力搖頭說：

「不對不對不對，等一下！這是怎麼回事？是怎麼搞錯的？話說，你是什麼時候發現自己搞錯了？」

「哪有人一口氣問那麼多問題。」

相較於動搖的我，山元倒是顯得相當鎮定。

他緩緩喝著啤酒，回答我的問題：

「就是那個誰？那個老師的名字。嗯……中老？」

「……村老？」

「啊，對對！就是村老！」

山元吁了一口氣，又繼續喝啤酒。

我壓抑不住焦躁的心情，急著聽到回答而追問：

「村老怎麼了？」

山元放下啤酒杯，繼續解釋：

「你說村老是級任老師的時候，我心想：『啊，跟我的級任老師不一樣耶，我哪知道村老是誰啊？』」

「太早了吧！咦？你那時候就發現自己搞錯了嗎？」

我癱軟無力得幾乎要趴倒在桌上。

山元仍舊面不改色，哈哈笑個不停……你笑個頭啊！

我有點煩躁，繼續逼問他說：

「你為什麼當時不馬上跟我說？為什麼要配合我說話？話說回來，我甚至沒發現你只是在配合我。」

山元捏走一塊用來當下酒菜的金黃色魟魚翅，邊用手指撕開邊笑說：

「那是因為我很有一手啊！」

說完，他用拿著魟魚翅的右手拍了拍自己的上臂。

「當時氣氛正熱絡，我根本無法開口說自己認錯人嘛。換成是你的話，你說得出口嗎？」

說不出口，的確說不出口。

我無話可說，山元對一聲不吭的我繼續說：

「不過，仔細想想，這樣也很不錯吧？毫不相識的陌生人碰巧相遇，結果成了好朋友。這可真是命運的安排呢。」

我感受到他用漂亮的話語包裝事實，微弱地抵抗著他的說法。

怎能全盤接受他說的話？

「你不是打從一開始就想騙我嗎？」

「騙你？」

山元面露驚訝地看著我。

「不是的話，為什麼要假裝是我的同學山元？」

「就說了，我不是故意假裝自己叫『山元』，而是你的同學裡碰巧有人和我同姓罷了。我們只是彼此都會錯意嘛！」

真的只是碰巧嗎？我開口說出從昨晚就冒出的疑問：

「『山元』真的是你的姓氏嗎？」

「嗯，真的啊。」

「名字呢？」

「純。」

「真的嗎？」
「幹嘛懷疑我？不然我給你看看證據吧！」
山元抽出被他拿來當坐墊的錢包，從裡面拿出一張駕照。
「你看。」
說完，他把那張駕照推到我眼前。
我交互比對著眼前的駕照和他的臉。
證件上貼的照片，的確有著和他相同的臉，也寫著他的姓名。
『姓名　山本純　——————八月十八日
居住地　東京都——————』（註3）

「山本……純。」

「對吧！我不是說了嗎？」

註3　「山元」和「山本」的日文讀音相同，都是「YAMAMOTO」。

山本非常滿足似地笑著，又把駕照收回錢包裡。

但比起他的名字，我更在意駕照上另一項個人資訊。

就是他的生日……

「你怎麼比我大三歲啊！這樣還敢說是我的同學！」

山本拍著手，豪爽地大笑說：

「真的假的！換句話說，我看起來很年輕吧？不對，還是你看起來比較老？」

他說完，自顧自地爆笑出聲。

竟然把我看老了三歲，這傢伙真令人不爽。

但結果我還是被他的花言巧語哄騙，實在有點不甘心。

他笑得太誇張，調整了紊亂的呼吸後，又從牙膏廣告般的笑容轉變成溫柔的微笑，並用稍微冷靜下來的語氣說：

「我們偶然相遇，碰巧成為朋友。管他是不是同學，那種枝微末節的小事根本不重要。還是說，如果我不是你的同學，你就不把我當朋友了嗎？就不肯再跟我見面了嗎？」

我根本沒想過我們不是朋友，更不打算避不見面。

山本明知這點，卻還明知故問，實在太狡猾了。
想要報一箭之仇的我，拚命動腦回想我們相遇那天的事。
此時，我想到一件無法理解的事。
「可是，你一開始見到我的時候，就知道我的名字。」
山本的表情似乎在一瞬間變了。
「我沒喊你的名字，一直都只用『你』代稱吧？」
「是嗎？我有印象你喊了我一次『青山』。」
「你想太多了吧？在拿到你的名片以前，我都不知道你的名字啊。」
「是這樣嗎……？」
「你搞錯了吧？一定是因為喝醉了。」
「是嗎？我不記得自己醉到那種地步……」
我依然用不可置信的表情說。
「那就重新自我介紹吧，我是山本純。」
山本突然點點頭，表現出端正的禮儀。
「我是青山隆……」

我也無可奈何地點頭致意。

「這麼一來，我們倆就沒有祕密了，今後也多多指教囉！」

山本笑了笑。

「我從一開始就沒有祕密啊！」

我嘔氣地說完，山本狀似更愉快地哈哈大笑。

看見那無憂無慮的笑容，我想生氣也氣不起來。

他說得對，這麼一來，「山本之謎」就解開了。我開始覺得這樣子就好。

人啊，不管是誰都有搞錯的時候嘛。

感到心頭舒暢後，我點了常吃的花魚和第二杯啤酒，興高采烈地說：

「對了，以後你就直接叫我『隆』吧。朋友幾乎都這樣叫我。」

「隆啊？收到。」

山本露齒笑了笑。

「今後我也叫你『純』就好了吧？」

空氣在一瞬間凍結。

我原本期待他會立即點頭說好，卻因為出乎意料的沉默降臨，令我不禁屏息，並感覺到自己的心臟深處被緊緊揪住。

因為山本在一瞬間露出我從未見過的難受表情。

我發現自己似乎說了失禮的話，有點焦慮地說：

「啊，你不喜歡的話也沒……」

山本打斷了慌張地想接話的我，開口說：

「我已經習慣聽你叫我『山本』，現在要改，感覺很不好意思耶。」

說完後掛著笑容的山本，依然是平時的那個山本。

「什麼啊，這樣說真噁心。」

他似乎想對開玩笑般地如此回話的我隱瞞些什麼，反應過度地迅速接話：

「搞啥啊！你才噁心咧，說什麼『今後我也叫你「純」』，噁心斃了！」

「什麼～好！我絕對、一輩子、都不會叫你的名字！」

我誇張地勃然大怒。

「哈哈哈，我還是第一次看見你生氣耶。別那麼生氣嘛，隆。」

「我才沒生氣！山、本！」

十月十五日(六)

說完，我們倆都笑了。

我邊笑邊在意著山本剛才一瞬間露出的詭異神情。

明明只有一瞬間，那副神情卻深深烙印在我腦海裡，揮之不去。

我無法形容那眼神究竟是難受，還是痛苦。總之，那雙瞳孔彷彿帶有深不見底的苦澀。

我確實在那雙瞳孔中，清楚看見沉重又哀傷的顏色。

十月十七日（二）

星期一的早上，真想死——我差不多該從這種想法畢業了。

我改變了。只要能維持目前的狀態，增加客戶的訂單量，總有一天，我也能成為足以和五十嵐前輩並駕齊驅的業務員。

這次的小谷製菓應該能成為契機吧。

我擠在客滿的電車中，看向吊掛在車廂內的廣告。雜誌特輯寫著〈正確的轉職方法〉、〈非你莫屬的「天職」指南〉——以前只要看見這類書，我一定會伸手拿起來看，但卻從來沒有實際閱讀過，因為我連閱讀的時間都沒有。

我瞥一眼那些吊掛在車內的廣告，告訴自己說，那已經跟我沒有任何關係了。

「早安！」

我最近都是第二個進公司的人，今天也在辦公室裡看到五十嵐前輩清爽的身影。

「你的狀態還是一樣非常好呢。」

五十嵐前輩抿嘴一笑，隨後伸手拿起放在辦公桌角落的即溶咖啡粉罐。

這罐即溶咖啡粉可以讓大家免費泡咖啡喝。不過正確來說，那罐咖啡粉的費用是以雜費的名義從薪水中先行扣除，並不是真的免費。

「你也要喝嗎？」五十嵐前輩問。

我慌張地跑到前輩身邊說：

「這怎麼行，我來幫你泡吧。」

前輩邊溫柔地說「不用啦」，邊從壺中倒出熱水。

咖啡的香氣瀰漫在辦公室內。

「謝謝。」

我不好意思地接下紙杯後，拿出一塊在通勤途中去便利商店買的甜麵包。

「可以的話，請收下這個。」

「這是你的早餐吧？」

「不，我買了兩塊。」

本來另一塊麵包就是為了五十嵐前輩所買的。我猜想他今天也會最早來到公司，果真被我料中了。

「真不好意思啊。」

前輩笑著收下後，當場打開包裝袋、咬起甜麵包。

我也跟著大口咬下甜麵包。

擴散在口中的甜味，療癒了我因為擠電車而疲倦的大腦和身體。

辦公室內還沒有其他人，我趁此機會詢問前輩：

「五十嵐前輩，為什麼你能接到那麼多訂單呢？」

前輩發出「嗯～」的聲音思考後，回答：

「應該是因為經常提高警覺吧。」

「提高警覺……」

我隱約理解他的意思，但具體來說該怎麼做才好，我實在毫無頭緒。

「你呢？你怎麼想？」

「我……」

我稍微思考一下，老實地回答最近體悟到的事情：

「我認為販售是一種連繫人與人之間的行為，所以必須貼近對方的想法才行。」

「很不錯的想法嘛！」
五十嵐前輩揶揄似地說。

那天的午後發生了一起事件。
午休時間，我在平常用餐的那間拉麵店裡排隊時，手機突然響起急切的鈴聲。
螢幕上顯示五十嵐前輩的電話號碼。
『喂！你馬上回來！小谷製菓的野田先生打電話來客訴！』
我立刻折返，迅速衝回公司。
飛奔進辦公室後，看見一臉嚴肅的五十嵐前輩在等我。
「前輩，客訴是……？」
我邊大口喘著氣，邊詢問五十嵐前輩。
「我們公司給小谷製菓的印刷品，和他指定的紙張種類似乎不一樣，野田先生正為此大發雷霆。」
「怎麼會……」

「你在下單前確認過了嗎?」

「確認了!我仔細確認過……」

「總之,我們得盡快把更正後的版本送過去。交期是後天,超過這時間就完蛋了。」

「對、對不起……我立刻聯絡野田先生……」

「你先去聯絡印刷廠吧,要是趕不上交期就無計可施。」

「是、是的。」

「我會先向野田先生道歉。總之,你要想辦法跟印刷廠交涉,趕上交期。」

「是!」

我撲向電話,趕緊聯絡印刷廠,拿著話筒的手不停顫抖。

拜託、拜託啊……我拚命跟對方拜託,宛如不停低頭吃米的蝗蟲,邊頻頻對著看不見的對象低頭道歉,邊在心中祈禱。

「這點請您務必幫忙!拜託!」

結果卻是殘忍無情的。

『要在後天以前印完是不可能的,請另找其他方法吧。』

所謂面無血色，就是我現在這個樣子吧。
該怎麼辦？得想想對策才行。
「喂，青山，結果如何？」
五十嵐前輩的聲音扭曲地傳到我一片空白的大腦中。
「怎麼辦……」
時針指向下午一點，午休時間結束了，同事們紛紛回到辦公室。
部長也在這時候回來了。
他嗅到辦公室內不穩的氣氛，走向我們問：
「喂，怎麼回事？」
我低著頭，一句話都答不上來。
「發生什麼事？」
部長更靠近我們追問。
我在腦中拚命思考該如何說明，現在必須回答些什麼才行。
但我的嘴巴與大腦無法同步，完全無法張口。
「喂，青山！」

「……其實……」

五十嵐前輩看不下去，開口幫我說明，非常簡明扼要地講述事情的大略始末。

隨著前輩的說明，周遭漸漸變得鴉雀無聲，辦公室內只有時鐘指針走動的聲音和五十嵐前輩的說話聲。

前輩約略講完後，我聽見一道粗厚的嗓音說：

「你是來這裡做什麼的？」

我猛然抬頭，看見部長雙眼充血、因為憤怒而面容扭曲的模樣。

周遭的同事們吞了吞口水，靜候事態的發展。

「我問你，現在，是來這裡做什麼的！混蛋！」

部長用力踹向我的辦公桌。

現場發出激烈的聲響，坐在隔壁的同事嚇得縮起身子。

我連聲音都發不出來。更丟臉的是，我甚至害怕得雙腳顫抖。

「你這傢伙……」

部長毫不客氣地走向沉默以對的我。

——會被揍。

我做好覺悟的當下，五十嵐前輩走到我前方說：
「部長！現在沒有時間了，總之我先帶青山去客戶那裡。」
「你沒有必要去吧！」
「直接和客戶通話的人是我，我最了解現在的狀況。因此，我必須負責善後。」
五十嵐前輩說完，拍拍我的肩膀說「走吧」，精神抖擻地把辦公室拋在身後。
我拚命忍住因為窩囊而即將奪眶而出的眼淚，追在五十嵐前輩的身後。

回到家已經過了凌晨一點，我穿著西裝倒在床上。

明天得一大早就去見野田先生。

由於我們在印刷費用上打了大幅折扣，小谷製菓決定直接使用和原本下的訂單不一樣的紙張種類。打折這件事當然需要獲得部長許可，但我根本沒有交涉的能力，後來是五十嵐前輩介入，讓部長與野田先生妥協。部長評估之後還是有繼續和小谷製菓交易的機會，便狠下心提出一個大幅折扣後的金額，結果野田先生說，今後也會積極考慮與我們合作的可能性。

我明天必須要再次前去致歉，也得帶著新的契約書過去才行。

明天搭首班電車去公司吧。

總之，我得趕快脫掉西裝，否則衣服會留下皺褶。

雖然腦袋這麼想，身體卻無法依此行動。

自己怎麼會犯下那種錯誤？明明我在下訂單時確認過好幾次。

可是，我送出的訂單確認表上，確實寫著錯誤的紙張種類。

應該重新檢查一次才對。

現在就算後悔也無濟於事。

我終於勉強起身，慢吞吞地脫下西裝，無力地把衣服丟到床上，從衣櫃裡抽出居家服，把手塞進衣袖裡。

連淋浴的力氣也沒有，明天早上再洗澡吧。

敷衍了事地刷完牙後，我沉入棉被中。

我設定了手機鬧鈴，螢幕顯示「此鬧鐘設為四小時三分鐘後啟動」。

可以睡四小時，趕快睡吧。

不睡的話，身體撐不住。

我閉上眼睛，卻反而清楚聽見牆上時鐘的指針走動聲。

滴、滴、滴、滴、滴……

在腦內迴響的指針走動聲，讓我回想起白天辦公室裡的情景。

「得趕快睡才行。」

我自言自語著把棉被拉到頭上。

「得趕快睡才行。」
睡眠時間正在不停減少。
「趕快睡……」
我彷彿念咒般重複說道。
可是內心不受控制，我越想讓自己睡著，越能清晰地聽見聲音。
我陷入錯覺，覺得牆上時鐘發出的聲音變得越來越大聲。

滴、滴、滴、滴、滴……

在寂靜中作響的指針走動聲，似乎從耳朵鑽進我體內，甚至遍布至一根根的微血管中。一股惡寒襲來，彷彿有蜈蚣之類的生物從我的指尖爬到腳尖。
「嗚啊！」
我發出不成聲的慘叫，一腳踢向蒙住全身的棉被。
棉被發出「啪」的一聲從床上掉落到地上。
我憑著這股氣勢起身，踱步走到房間門口，打開電燈開關。

炫目的燈光亮起，我不禁瞇起雙眼。

我走回床邊後，直接踩在床上，把手伸向掛在床邊牆壁上的時鐘，毫不躊躇地把它拿下來，摔到地上。

沉重的物體落地聲在房內響起。

這道聲音讓我恢復了理智。

不知道為什麼，呼吸彷彿剛奔跑過一般急促。

「冷靜點……」

我慢慢地穩住原本喘個不停的呼吸。

摔在地上的時鐘模樣悽慘，電池掉了出來，指針也脫落。

我茫然地凝視片刻。

臉頰感受到一滴冰冷的水滴。

我到底是怎麼了？

直到前幾天為止懷抱的自信彷彿是謊言，一瞬間就崩毀。

真是微不足道的自信。

不過是工作變得順利一點，是想得到什麼自信？

和瞧不起社會的學生時期相比，我根本毫無成長。
我果然什麼也做不好。
我開著燈，慢慢把棉被拉回床上，再度埋入被窩中。
然後，壓抑著聲音大哭了一場。

隔天開始了名副其實的地獄般生活。

野田先生和我預期得相反，願意讓我繼續當負責的窗口，但部長不允許。

我大概再也不會見到這半年來頻頻碰面的野田先生吧。

負責小谷製菓的工作慘遭部長撤除後，我幾乎拿到手的那些後來會簽訂的大契約，全都由五十嵐前輩接手了。

後來，上頭似要懲戒我般禁止我外出跑業務。

「讓你跑業務的話，會給客戶造成麻煩！不准你走出公司！」

部長彷彿故意要說給全部門聽，大聲斥責我好幾次。

我被要求整理帳單或處理各種雜事，光是坐在辦公桌前，就會被辱罵說：「薪水小偷憑什麼坐在那裡！用你的薪水支付公司的損失啦！混帳！」

舉辦朝會的時候，則會看著我高聲大笑說：「你們聽好，做不出業績的傢伙就是垃圾！讓公司蒙受損失的傢伙，沒有生存的價值！但我沒想到，這部門竟然有比垃圾還不如的傢伙。」

同事也因為不想扯上關係，都不跟我說話。
我明明人在這裡，卻彷彿根本不存在。

已經到極限了。
我是個沒用的人類。
沒有生存價值的人類。
為什麼我這種傢伙會想要出社會工作呢？
為什麼會以為自己可以從事業務工作呢？
我詛咒著學生時代那個自信滿滿又愚蠢的自己。

十月二十二日（六）

——星期六的早上，超級幸福。
真懷念還唱著這首歌的日子。
現在，我連一秒都沒有感受過幸福的瞬間。
今天是星期幾都和我無關。
午休時間也不去拉麵店，而是來到公司頂樓。
被高聳的柵欄包圍的頂樓是最接近天空的地點。
每當午休時間即將結束時，我總會往通向柵欄外頭的門看去。
柵欄門上有個荷包鎖，我總是在確認那個鎖頭有沒有鬆脫。
當那個鎖頭鬆脫時，一定就是「那個時候」。
我很期待「那個時候」。
是今天嗎？還是明天？希望「那個時候」趕快到來。
好想趕快解脫。
但那個荷包鎖總是鎖得緊緊的。

十月二十二日（六）

我氣餒地回到辦公室。
然後，地獄又要開始了。

明天是星期天。
我只確定要做一件事。
那就是明天晚上六點以後，絕對別打開電視。

晚上六點三十分，我往車站走去，準備回家。

正打算拿出定期車票走過剪票口時，突然有人從後面抓住我的肩膀。

回頭一看，發現是我知道了對方的本名後，就再也沒聯絡過的那個男人。

「山本……」

「你是怎樣？知道我的本名後，就無視我的簡訊和電話。冷淡也要有個限度吧？」

山本誇張地緊皺眉頭，抓著我的肩膀，強硬地讓我的身體轉向他，並往和剪票口相反的方向走去。

「你只對神祕的男人有興趣嗎？」

他抓著我的肩膀，不知道為什麼用諂媚般的口氣說：

「真是過分的男人呢。」

口氣就跟酒館的媽媽桑一樣。

我一句話也不說，任憑山本擺布。

憑我現在的精神狀態，沒辦法與山本開心暢飲。

「抱歉，我今天有事。」

我拍掉山本搭在我肩上的手，再次走向車站。

「你明天也要工作嗎？」

山本緊貼在我的身旁，邊走邊問。

「不用。」

我看也不看山本就回答。

他仍繼續緊追著我不放，問道：

「白天要約會嗎？」

「不是。」

「還是媽媽突然生病之類的？」

我停下腳步，大大地嘆一口氣。

「人總是有不想喝酒的時候吧。」

聞言，山本嘻嘻笑著再度勾住我的脖子。

「搞什麼嘛，那你早說啊。」

山本這麼說，他的臉離我只有二十公分左右。然後，他以驚人的力氣讓我的身體轉向，無視錯愕的我，強逼著我邁出步伐。

之前好像也發生過這種事呢……

我在裝潢時尚、光線昏暗的咖啡酒館內，坐在像是單人沙發的椅子上如此暗想。椅子坐起來比常去的「大漁」還要舒適許多。

我眼前的人，當然是一臉舒服地讓身體沉入沙發中的山本。

「來這間店的話，就算不喝酒也能好好休息吧？」

看著山本心情很好地這麼說，我心想自己明明不是那個意思……

「總之先來杯生啤酒？啊，不對！喝咖啡吧？也有果汁喔！嗯……這是什麼……芒果蘇打……是碳酸飲料嗎？」

他邊看著菜單邊喃喃自語，不知道是在詢問我還是自說自話。

真是個我行我素的傢伙。

「……咖啡就好了。」

「有很多種咖啡耶！像是拿鐵咖啡、咖啡歐蕾……拿鐵咖啡跟咖啡歐蕾有什麼不同啊？你知道嗎？」

「……不知道。」

我對山本那般我行我素的態度有點傻眼。
「也吃點飯吧？肚子餓了可沒辦法戰鬥！哇！義大利麵好像很好吃耶。啊，也有披薩……好煩惱喔。」
為什麼這個男人的情緒隨時隨地都那麼高昂？
這麼說來，他說他是自由業，難道他不煩惱自己的人生嗎？
我純粹為此感到不可思議。
「喂喂，你要吃什麼？」
山本依然沉迷於菜單中不可自拔。
「選什麼都好，隨便點吧。」
「真的假的？那就點披薩和義大利麵，一起吃吧！啊，也點薯條好嗎？」
你是女人啊？
太悲慘了吧，為什麼兩個男人非得在裝潢時尚的咖啡酒館裡分食義大利麵不可？
當人類驚愕到某種地步後，反而會變得想笑。
我一個人呵呵笑個不停，山本見狀，露出驚訝的神情看向我。
「怎麼怎麼？發生什麼事了？」

山本小心翼翼地詢問。
他該不會嚇到退縮了吧？
難道我的表情那麼令人不舒服嗎？
「沒事，快點點餐啦。」
「嗯、嗯。哪種披薩好？」
我斜眼看著一臉膽怯的山本，說了「這個」並指著瑪格麗特披薩。
不久便送來滿滿一整盤的薯條，山本為此發出非常開心的歡呼聲。
他拿薯條沾餐點附的雙色醬料，邊吃邊比手畫腳地說話。
平常我們的對話中，約有六、七成是山本在說話，今天卻有約九成五是他在說個沒完。

把原本像座小山的薯條吃了一半後，山本說：「果然還是點杯啤酒吧？」我心想吃了薯條和披薩的確會想喝啤酒，便勸他：「別在意我，你想點就點。」

他似乎很遺憾我不打算喝酒，最後還是點了一杯生啤酒，很美味似地喝了起來。

「為什麼今天不喝一杯呢？」

山本邊靈巧地把冒著熱氣的番茄奶油軟殼蟹義大利麵均分成兩等分，邊詢問我。

「嗯……感覺今天不可以喝酒。」

「戒酒中嗎？還是向神許願了？」

「向神許願啊……要是有許願就好了。」

山本露出有點詫異的表情，把完美分成兩盤的其中一盤義大利麵遞給我。

我好一會兒不發一語地把義大利麵送入嘴裡。

老實說，我害怕喝酒。因為我擔心自己若是喝了酒，恐怕不只會破壞時鐘，還可能闖出更不得了的大禍。如果只是自己出問題倒還好，但至少要避免造成他人的困擾。

「喂。」

沉默了好一陣子，專心吃東西的山本突然開口說：

「隆，你要不要換間公司？」

他用像是「要不要換手機？」的口氣詢問，令我不知所措。

我還沒跟他提過工作上發生的事。要是開口說的話，感覺心裡的某種東西會潰堤，所以我不能說，也沒有開口的打算。

「幹嘛突然說這個？」

我假裝平靜，用一臉不明白的模樣反問。

「哎呀～我不知為啥就是知道，你似乎做得不太快樂。」

我閉口不語。正如他所說，我何止是「不快樂」而已。

沉默了好一會兒後，我下定決心開口說：

「山本，你知道『海螺小姐症候群』嗎？」

「那是啥？」

山本滿口義大利麵，鼓著臉頰問。

我淡淡地說出學生時代從朱美口中所聽來的橘學長的事。

「我當時什麼也不懂，不管是社會的嚴苛還是痛苦都不了解。但是，現在我切身感受到橘學長的心情。雖然我不知道那位學長後來怎麼了。」

山本安靜地聽我說完，露出少見的認真神情說：

「隆，發生什麼事了？」

我回答問題前，先呼喚店員過來，點了兩杯生啤酒。山本的杯子已經見底了。

店員送來兩杯啤酒後，我和山本雙雙拿起玻璃酒杯輕輕地乾杯，隨後將啤酒大口大口灌入喉嚨中。

喝了半杯以上的啤酒後，我用力吐出一口氣，暫時放下玻璃酒杯。

然後，我稍微調整自己的坐姿，娓娓道出沒見到山本的這段期間所發生的事。

在我說話時，山本完全沒有插嘴，只露出認真的神情默默當著聽眾。

我講完後，山本有點悲傷地垂下眼簾問我：

「隆，你有好好地睡覺嗎？」

「嗯……算是有吧。雖然有時候很難睡著，但我還是有睡。」

「飯呢?有好好地吃午餐嗎?」

「嗯,有在頂樓吃……」

話說到一半,我趕緊閉上嘴。

「在頂樓吃?」

山本驚愕地詢問。

「不,沒事,沒問題的,我有好好地吃飯。」

我無法告訴他,其實我每天都往頂樓跑。

或許我心底隱隱對於跑去頂樓確認緊鎖柵欄門的荷包鎖這項行為感到非常愧疚吧。

山本不再追問,反而問我:「要不要再喝一杯?」並且叫來服務生再點了一杯酒。

等待服務生送酒過來時,他慢慢地開口說道:

「既然都已被說到這種地步,為什麼還不辭職呢?」

「可是,我的確是犯了足以被說三道四的錯誤,還給人添了麻煩……哪能輕易辭職。」

「不,很奇怪吧?新員工犯了錯,卻被逼到這種地步,根本不正常。」

「如果是普通的新員工一定能做得更好,但我是極度做不好工作的廢物。」

「說到底,那真的是你犯的錯嗎?」

「實際上就是我犯的錯啊。」
「你不是在前一天確認過了嗎？那時候你已經仔細按照客戶的要求寫了訂單吧？」
「我記得自己當時確認過……結果還是弄錯了。」
「下單前也確認過了吧？」
「確認過的話事情就不會演變成這樣，我最後還是疏忽大意了。」
「不對不對，太詭異了，你前一天在電腦上確認時是正確的，實際下單時卻變成錯的？」
「因為……結果就是錯了。」
「那真的是、確定是你犯的錯嗎？」
「這話是什麼意思？」
「除了你以外，會有誰更改了內容嗎？」
「沒有人吧……誰會想做這種事情？」
「有誰會因此得利？」
「這……」
我邊說邊思考，但腦內沒有浮現任何人的臉孔。
「我覺得沒有。」

「這樣啊……」

山本說這個錯誤不是我的問題，似乎是想要鼓勵我。

可是，責任還是該由我自己背負，這點我最了解。

「我已經沒事了，抱歉讓你擔心，也謝謝你肯聽我說。」

山本的眉頭緊皺，不知道在思考什麼，或許已經放棄鼓勵我了吧。他再一次建議我說：

「考慮換工作吧？」

但是，我的問題不是出在要不要換工作。

就算換工作，我依然不是能在社會中有好表現的人。真要說起來，怎麼可能會有下一間公司肯僱用我這種沒用的男人。

我只能繼續待在這間安置了社會垃圾般的我的公司。

做著總有一天，那道荷包鎖會鬆脫的夢。

就算喝了好久沒喝的啤酒，也沒發生我原本以為會出現的糟糕情況。

但同樣沒有出現任何良好的變化，我依然過著地獄般的每一天。

真要說唯一改變的事，那就是山本彷彿成了跟蹤狂，總是埋伏在一旁，等我下班。

我們以前見面的頻率是每週一次，頂多每週兩次左右，但最近山本則是每兩、三天就會出現一次。

他一改以前的做法，現在會從後方拍拍我的肩膀，直接把我拉去咖啡店、居酒屋或串燒店等各種不同的店。我由衷佩服他竟然知道這麼多各式各樣的店，不禁懷疑他是不是開始從事美食專欄作家之類的工作。

然後，他一定會在店內提出山本風格的「轉職建議」。

算起來這次是第四次，每重新舉辦一次「轉職建議」講座，他就講得越起勁。

今天的主題，似乎是我喜歡的足球。

「我不是要你別工作。你想想足球的職業聯盟，選手不是會為了尋求更好的隊伍而轉隊嗎？那是為了更上一層樓。或許有時候選手會轉去排名比較低的隊伍，但排名是每個賽季都會變動，也有選手會在此時嶄露頭角，連同自己待的隊伍一起往上爬。」

老實說，我每次都只聽一半而已。

因為現在的我，不管是轉職所需的力氣、勇氣，甚至是對自己的信心，都早已消逝無蹤。

山本更熱情地說道：

「就算待在排名和之前的隊伍差不多的隊伍裡，以前不太能得分的選手，也可能因為換了球隊就變得非常活躍，對吧？那是因為那名選手待在適合自己的隊伍裡啊！換句話說，前一隊就是不適合他的隊伍。人也是一樣，職場分成與自己投緣或不投緣的。雖然轉職有一定的風險，但如果很難改變現狀，轉而自己試著行動，也是有效的方法喔。」

話說回來，為什麼山本要如此熱衷地勸我換工作呢？真是個謎。

說直接點，就算是我的朋友，也沒道理要介入我的人生到這種地步。

況且，他今天似乎比以前更有幹勁。

平常我都只是隨便聽聽山本的大力勸說，今天則選擇開口反駁。

「我說你啊，現在的日本可不允許讓人隨便辭職耶。」

「為什麼？遞出辭呈就結束了啊。」

「別說得那麼簡單。」

「就是這麼簡單。」

我對「簡單」這兩個字動了肝火，不禁加強說話的語氣：

「我告訴你！你這個尼特族或許什麼都不懂，但現在這個世道，應徵正職工作可是非常辛苦的事！」

「說到底，為什麼你堅持要當正職員工？不當正職員工會怎樣？」

我頓時有些語塞，但仍回答：

「這個……會有保障或是保險什麼的……有很多問題啊。」

「但你那間公司在『這個世道』中，也無法保證你一輩子的安穩吧？」

山本故意使用我說過的詞反駁我。

「你說那種話也無濟於事吧？因為我是男人，考慮到未來結婚或是養家，一定是當正職員工比較好啊！」

「你根本沒有女朋友吧？況且，你那樣子工作有辦法交到女朋友嗎？你有時間約會嗎？有辦法撐到結婚嗎？」

「這個！只要能交往，總會有辦法吧……」

我被戳到痛處，最後一句話越說越小聲。

不是我自豪，我活到現在，從來沒有嘗試過要受女生歡迎。不過，正因為如此，社會地位不就會成為我重要的武器嗎？雖然我不認為自己現在的社會地位足以當成武器，但總比沒工作來得好吧？

我雖然想這樣主張，但這怎麼想都不是一個很帥氣的理由，因此放棄反駁。

「……總之，辭職可不是簡單的事情。」

「那麼，什麼比較簡單？」

「什麼意思？」

「對你來說，和辭職相比，做什麼比較簡單？」

「做什麼……」

我無法理解山本的話中之意，困惑不已。

山本露出我以前不曾看過的嚴厲表情。

他筆直的目光緊盯著我不放，直截了當地說：

「對你來說，辭職和尋死，哪件事情比較簡單？」

我的心臟撲通地劇烈跳動。

「不對吧？你的思考太跳躍了，又沒人說要尋死。」

和一臉彆腳假笑的我相比，山本的表情非常正經。

「你打算尋死。」

「啊？我沒有。」

「你有，在我們初次見面的那一天。」

我的心跳越來越快。

山本以淡漠的口氣繼續說：

「你打算從車站的月台跳軌自殺。」

我腦海裡浮現初次見到山本時的畫面。

「那是因為我不小心失去平衡……沒錯！因為你突然現身，所以我嚇了一大跳啦。」

「不對，你在那之前就想尋死。」

我輕輕地吞了吞口水。
「在那之前，你整個人東倒西歪的，要是我沒抓住你，你會直接摔下去。」
「……那是你搞錯了。」
山本沉默不語地盯著我。
「真的啦，我沒有那種打算。」
山本的雙眼看起來非常悲傷，那雙澄澈的眼睛似乎看透了一切，令我坐立不安。
他凝視著我，用緩慢又強而有力的口氣說：
「就算你沒有那種打算，在月台搖搖晃晃地閉上眼睛，可是會摔下鐵軌。」
不知道是不是店內柔和的橘色燈光的關係，山本的眼眶看似變得濕潤。
我沒有否定他所說的話。不對，是無法否定。
我改口詢問山本：
「喂，你在月台……那個……救我，只是偶然嗎？」
山本改用比較柔和的口氣回答：
「我在剪票口發現了你，跟在你後面。」
「為什麼？」

山本帶著一雙悲傷的眼眸，稍微笑了笑說：

「因為我擔心你……你當時看起來想死。」

「為什麼你會這樣想？」

山本垂下眼簾，輕輕吸了一口氣，又「呼～」地一聲吐氣。

他再度抬起視線，溫柔地凝視著我說：

「因為我認識一個和你那天的表情相同的人。」

那個人後來怎麼了——

我沒有開口詢問。

周遭只剩靜謐的時間流逝而去。

十二月六日（日）

突然意識到即使時間來到中午，風也越來越冷。不知不覺間冬天就要來了，馬上要進入下一年。

我一事無成地又度過一年。

我發現自己開始慢慢恢復成和以前沒什麼兩樣的生活。

工作還是很艱辛，我也知道自己做什麼都是杯水車薪。

我也知道，就算上去頂樓，那個荷包鎖也不會因此開啟。

為什麼事情會變成這樣？

我只是做了一場夢，夢見自己似乎稍微能做點「什麼」。

當夢境結束，不過是回到毫無變化的每一天。

今後我依舊會一味過著彷彿倒轉老舊錄影帶的日子。

沒什麼，只要再忍耐幾十年就好。

我現在稍微可以在住家附近晃晃了。

路旁的便利商店內陳列著小谷製菓的巧克力。
看見那個巧克力，我什麼想法也沒有。
沒事的，我可以繼續這樣下去。
五十嵐前輩後來也很擔心我，並照顧著我。
沒事的，和以前的生活相比，沒有任何變化。
今天是星期天。
沒事的，至少是個有點幸福的日子。

我拿起手機，躊躇片刻後發信給山本。
『今天要不要去買東西？我想買冬季襯衫，幫我看看哪件好。』
我重看一遍寄出去的內容，簡直像是發給女友的簡訊，讓我不由得苦笑。
像平常一樣，他立刻就回信。
但是，回信的內容卻和平常不一樣。
『抱歉！今天我有點事情要辦。真的很抱歉，下次再約吧！』
我對因為簡訊的內容而驚訝的自己感到訝異。

我告訴自己，就算是山本，也是有自己的私人生活，不能赴約是理所當然的事。厚臉皮也要有個限度。

由於他總是隨叫隨到，我一直以為他單身，說不定人家早就有了女朋友，才會為了生活而去打工。

直到現在，我才發現自己對山本一無所知。

我上街之後，快速完成購物行程，在山本以前告訴過我的店家中，買了一件應該可以穿到冬天的厚襯衫。

由於之後沒有其他行程，為了轉換心情，我在街上徘徊，瀏覽玻璃櫥窗。櫥窗內展示的衣物已經是冬季風格。

再過不久，性急的街道就會染上紅色或綠色的繽紛聖誕色彩吧。

讓人空虛的季節又要降臨……

如果能在那之前交到女友就好了，但大概不可能吧，說不定聖誕節還得跟山本一起度過。

這麼說來，自從山本上次來找我以後，他不再埋伏等我下班了，看來跟蹤期已經結束。

那應該是代表，他認為我沒問題了吧？

還是說……

我想起山本先前曾露出的悲傷雙眸。

我是不是傷害了山本呢？

和我有相同表情的人——那個一臉想尋死的人，究竟是誰？

總有一天，山本會告訴我這些事嗎？

在街上徘徊膩了之後，我回到車站前。

站前設有一座大型的公車轉運站，人潮洶湧。

帶著小孩子的母親、像是笨蛋般笑個不停的女高中生、看似幸福的情侶——在場除了我以外的所有人，似乎都在享受人生。

我無意識地大大嘆了一口氣。

「回家吧。」

我自言自語著加快腳步。

此時，在往車站看去的視線前方，我發現一道熟悉的身影。

他的神情和我平常看見的模樣完全不同，似乎在沉思著什麼，眉頭緊皺地不停往前走。

雖然他低頭凝視著自己腳邊，但應該什麼也沒在看吧。

「山本……？」

我不禁跟在他後頭。

山本並未發現與他保持一定距離的我。

他低著頭快步走路，即將撞上迎面而來、忙著聊天的女高中生時，趕緊慌張地閃避她們。

但他一閃避就撞上服飾店的玻璃櫥窗。

在那瞬間，山本的表情驟變。

他似乎大吃一驚，雙眼睜得又圓又大，緊盯著玻璃櫥窗，全身僵硬得一動也不動。

那張臉蒼白得令人訝異，看起來非常膽怯害怕。

我想要立刻上前詢問「你沒事吧」，但山本那彷彿陌生人的神情令我猶豫不前。

一輛公車恰巧在此時進入轉運站。

他宛如要逃離般搭上公車。

確認已經看不見公車後，我才上前靠近轉運站。

看了路線圖後得知，那輛公車會經過住宅區、大學，再開往有名的墓地公園。

他究竟要去哪裡呢？

回車站的途中，我看了看山本剛才撞到的玻璃櫥窗。

那是一間隨處可見的年輕人風格服飾店，用好幾個常見的假人模特兒裝飾櫥窗。

難道說，他被這些假人嚇到了嗎？

乍看之下實在難以想像，但除此之外，這裡實在沒有其他足以嚇到人的東西。

偶爾會在山本臉上看到哀傷的神情。

那和他平常的笑容差異甚大，深深烙印在我的腦海裡。

究竟哪張臉才是真正的山本？

我在開往自家方向的電車中一直思考山本這個人。

他明明總是滔滔不絕地講話，卻不曾談過關於自己的話題。

我所知的山本個人資訊，只有他的全名和出生年月日，還有職業是自由業這件事而已，未免太少了。

真要說起來，我到現在還不知道，他甚至不惜偽裝成我的同學來關心我的原因。

回到家後，我坐在床上打開電腦，在網頁的搜尋畫面輸入「山本純」和「部落格」。

我以前曾不經意地詢問他有沒有使用Facebook，雖然他當時回答沒有，但說不定是有所顧慮才如此搪塞敷衍我。

結果，正如我所料地找到好幾個部落格，但大部分是和一位名叫「山本純」的女藝人相關的網頁。我還是第一次認識這位名叫「山本純」的藝人。

繼續搜尋後，我找到唯一一個和那位藝人毫無關係的部落格。

那是年紀和山本差不多的一般女性所寫的部落格，格主的名字叫做「Mi」。

在這個部落格中，她寫了一篇「今天是山本純的忌日」的文章。這句話被搜尋網頁標記了起來。

我看了詳細的文章內容，得知這名男性在三年前結束自己的性命。

同名同姓的人啊。明明還那麼年輕。

我事不關己地心想「真可憐」之類的，繼續往下看部落格上頭的日記，最後在一篇標題為「我不會忘記你」的文章內，發現一個照片的連結。

我不經意地打開那個連結。

然後尖叫。

「哇啊啊啊啊啊！」

我逃離電腦前，幾乎要從床上滾下來。

在那張照片中，和應該是「Mi」的女性一起比著V字手勢的人，毫無疑問是我所認識的那個「山本」。

我害怕地把電腦拉到身邊，仔細盯著照片。

絕對沒錯，那是山本。

這是怎麼一回事？

這個部落格裡的文章，寫得像是山本早就在三年前亡故。

「到底是怎麼回事?」

我陷入混亂中。

寫這篇部落格文章的人到底是什麼意思?

難道是什麼惡劣的玩笑嗎?

但是,那篇弔唁死去的「山本」的文章,怎麼看都不像是惡劣的玩笑。

我把那個部落格頁面加至我的最愛中,再度搜尋「山本純」,並且,這次在關鍵字中追加了「自殺」。

搜尋後跳出了許多結果,遠超出我的想像,我開啟搜尋結果中的第一個網頁。

內容讓我驚訝不已。

『——年八月六日凌晨發現,宮田食品公司的員工山本純(二十二歲)於公司前死亡。警方判斷他是從十三樓高的公司大樓頂樓跳樓自殺。周遭的人指出,當時的山本精神不穩定,患有憂鬱症。宮田食品公司認為山本的自殺與職務無關，主張公司不應為此負責——』

我關閉這則文章後，又點開其他網頁來看。

從第一個搜尋結果開始，依序拚命閱讀大量文章。

不知不覺間過了好幾個小時。

搜尋出的網頁中也有幾篇文章裡附上了照片。

看起來像是大頭照的照片，很明顯和「山本」是同一張臉。

我闔上電腦，精神恍惚。

網路上說早已死亡的山本，卻出現在我眼前。

難不成……

此時，手機突然震動著響起鈴聲。

我嚇得跳起來，從褲子口袋中拿出手機。

「啊……」

看見手機螢幕後，我發出不成聲的驚呼，隨即把手機丟到床上。

雙手不停顫抖。

在床上不停震動的手機畫面上，寫著「山本」兩個字。

我不禁四處張望。

他該不會在某處看著我吧？

我不敢伸手去拿響個不停的手機，只能盯著手機不放。

冷汗從額頭滴下來。

不久後，手機不再作響，而是收到一封簡訊。

我戰戰兢兢地拿起手機，打開收信匣。

「噫！」

螢幕上又顯示「山本」兩個字。

內文寫著：

『今天真抱歉啊。下次可以去你家玩嗎？』

全身毛孔噴出冷汗。

「不行！」

我發出高亢的尖叫聲，確認房門的鎖確實鎖上後，把頭塞進棉被裡縮成一團。

蜷縮成一團的我不停發抖。

——不對，等一下，好像哪裡怪怪的？

畢竟山本以前曾食欲旺盛地吃著飯啊？

難道那是只有我才看得見的幻影？

不，不對，他也可以正常和店員們說話，並能付錢給收銀員。

如果山本是幽靈，我早就成為吃了好幾次霸王餐的犯人。

可是，說不定大家都被他給洗腦……

不對不對不對不對——

我在棉被裡左右搖頭。

不過仔細想想，這陣子確實發生了許多不可思議的事。

他果然是從第一次見面的時候，就已知道我的名字。

我絕對沒搞錯。
所以，我才會相信他是我的同學。
不管怎麼回想，我記得在自己遞名片給山本以前，都不曾自我介紹過。
可是，他的確曾開口喊我「青山」。
他的確喊過。為什麼？
還有那張駕照。
那看起來的確是真正的駕照。
姓名也寫著「山本純」，而且照片和他本人一模一樣。
如果那是偽造的證照，不就是證據確鑿的犯罪行為嗎？
既然如此，他果然是……
幽靈？
難道這世上存在所有人都能看見，還能夠進食的幽靈？只有我不知道這件事嗎？
幽靈擔心看起來想要自殺的我才現身？
「怎麼可能有這種事！」

我出聲說話，打消自己的想法。
大家明明都能看見山本。
可是，網路上卻說「山本純」已經自殺身亡。
這件事也有寫成報導公諸於世。
「到底是怎麼回事啊……？」

那傢伙果然是幽靈吧？
怎麼想都只有這個可能性。
他曾說他很擔心我。
他說，第一次見面那天，之所以會跟在我身後，是因為我看起來想尋死。
『因為我認識一個和你那天的表情相同的人。』
難道他說的人，就是山本自己嗎？
他為了阻止我自殺而現形？

也就是說，山本非常後悔選擇死亡……？
怎麼可能會發生這麼愚蠢的事！
我不停地反覆思考。
不行，完全睡不著。
爬出棉被後，見到一道微弱的光線從窗簾的縫隙鑽進來。
太陽快升起了。
漫長的一週又要開始。

今天的身體狀況糟透了。不對，應該隨時都是最糟的狀態吧。
不管怎麼逼自己不要再思考，山本的事情依然不停閃過我的腦海。
我重新閱讀雙方往來至今的簡訊，又一直重看網路新聞。
可是，不論我怎麼思考，依然一無所獲。
工作的事情加上懷疑山本是幽靈，讓我的腦袋簡直快要爆炸。
一夜未眠的我比平常還要早出門，在公司附近的咖啡店買了早餐套餐。

我理所當然是第一個到公司的人。
早到當然沒有加班費等補助，但我不介意，打卡後就打開電腦。
只要埋頭做其他工作分散注意力，說不定就不會想太多。
我開啟網頁，打算搜尋業務合作所需的企業。
但是，腦中依然不停閃過山本的事情。
等我回過神來才發現，自己在無意識中搜尋了山本的情報。
可是，這麼做也不可能得知山本的真面目。
「不行！不行！」
我左右搖晃腦袋，雙手用力撐著桌子站起來。
距離開始上班還有好一段時間，總之先吃剛才買的早餐，轉移注意力吧。
我打開辦公室的大門，走向通往頂樓的電梯。

來到頂樓後，便能感受到逐日變冷的風，今天又變得更加冷冽。
我筆直走向設置在柵欄一角的門，伸手確認荷包鎖，並發出「喀鏘喀鏘」的聲音搖晃，門卻連一點打開的跡象也沒有。

我將手搭上柵欄，眺望著「外頭的世界」。

如果這道柵欄的門打開，在門的對面等著我的，是自由嗎？還是……

「真蠢。」

我已經習慣自言自語了。

用力深呼吸後，我坐在一旁的長椅上，冰涼的溫度從屁股底下往上竄。

我咬著早餐的三明治，沒思考究竟是好吃還是不好吃。不過，還殘留一點溫熱的咖啡稍微療癒了我的心。

我慢慢吃，花了將近十五分鐘才吃完，接著就無事可做。待在頂樓也只會讓身體受涼，雖然時間還早，但我決定回辦公室。

坐電梯回到辦公室所在的樓層，我從距離比較近的後門走進辦公室。

開門後，我發現已經有人進辦公室上班。

對方背對著我，似乎在操作電腦的樣子。

就在我的位置附近。
不對，他人就在我的位置上。
辦公室一共有兩扇門，由於前門設置了打卡機，因此上班時一定得從前門進入。
對方似乎完全沒發現從後門進來的我。
他在我的座位上維持彎腰的姿勢，拚命操作電腦。
我慢慢靠近自己的位置，從後頭出聲。

「早安……」
嚇得上半身挺直的人，正是五十嵐前輩。
「青山！你是從哪裡進來的！」
五十嵐前輩用比平常還要強烈的語氣問道，神情看來似乎動搖不安。
「我剛剛去了一下頂樓，所以從後門進來……請問怎麼了嗎？」
我窺探著自己座位上已經開啟的電腦，如此詢問他。
我以為自己又犯錯，非常不安。
「沒有，我只是想要調查一下小谷製菓的資料……抱歉，擅自打開你的電腦。」

前輩邊這麼說，邊敏捷地關閉螢幕上的畫面。
「不會啦，這點事就由我來做吧。不好意思，你需要什麼資料？」
「不，沒關係，部長說過不要再讓你扯上關係。」
「可是，這本來就是我負責的，我應該盡力幫忙……」
五十嵐前輩似乎想打斷我的發言，立刻開口說：
「沒關係，這部分我會好好地做，目前契約也進行得挺順利的。就和部長說得一樣，你不用再管這件事。」
不知道是不是我想太多，五十嵐前輩的語氣似乎比平常還要冷淡。
這次這件事給前輩添了大麻煩，我打從心底感到抱歉。
「好的……真的很抱歉，中途交給前輩處理這些事。不過，雖然契約已經商議到最終階段，但如果不知道事情原委，也不好談吧？」
聽我這麼說，五十嵐前輩這次用更焦躁的語氣說：
「我都說沒問題了！你很煩耶！」
我頭一次聽見前輩用這種口氣說話，嚇了一跳。
他一大早就來公司，果然很辛苦吧？我雖然想要盡力幫忙，但或許因此造成前輩的麻煩。

「對不起……」
只有我們兩人的辦公室內瀰漫著尷尬的氣氛。
我是不是連最後一位夥伴都失去了呢？
「……部長要你把電腦裡所有跟小谷製菓相關的資料全部刪除。總之，你可以幫我把那些資料全部移到這顆硬碟裡嗎？之後的事情我會處理。」
五十嵐前輩的態度果然跟平常不一樣。
我開始想哭了。
「好的，我明白了，馬上就交給你。」
說完，我立刻將資料移轉到前輩的硬碟中。
只是，我之前弄錯的訂單資料不見了。反正那已經不需要，我也沒特別留意。
交還硬碟之後，五十嵐前輩用和平常一樣的溫柔語氣說：「突然麻煩你真是抱歉。」
我聽了之後覺得安心一些，又回到自己的座位。
不一會兒功夫，同事們陸續來上班。
我開始做自己的工作。

突然，我感受到一股視線。

但回過頭後，並沒有和任何人四目相交。

想太多了嗎……？

可是轉頭面對座位後，我又感覺到自己被人盯著看。

一直到中午以前，我老是覺得背後有一股視線。

來到午休時間時，手機發出震動，畫面上跳出收到簡訊的通知。

確認收信匣之後，我發出「啊！」的一聲，引來隔壁同事的側目。

「啊，不，沒事。」

我在口中喃喃自語，快步離開辦公室。

我來到杳無人煙的頂樓，再度坐在冰冷的長椅上。

是山本傳來的簡訊。

『昨天真是抱歉。你已經去買衣服了嗎？還要買的話，下禮拜一起去吧！話說，今晚要不要一起吃飯？到了星期一，應該覺得又煩又累吧？』

心臟撲通撲通地狂跳。
我現在是不是正在用簡訊和幽靈交流？
考慮片刻後，我回覆他：
『抱歉，今天不太行。』
雖然我冷淡地回絕，但以目前的狀況來說，我也只能這樣回覆。
沒想到，山本竟然直接打電話過來。
我拿著震動個不停的手機，從長椅上站起身，左右踱步。
不久，電話掛斷了。
我穩住自己劇烈的心跳，煩惱著該不該回電。
「好，如果他再打來，我就接吧。」
對自己說完的瞬間，螢幕上立刻出現「山本」的名字，手機也連帶地震動起來。
他到底是從哪裡盯著我看啊！
這麼一想，我又陷入恐慌。
當我驚慌失措的時候，一不小心按下了接聽鍵。
手機另一端傳來熟悉的聲音。

『啊，隆？咦？喂喂～？』

看來我也只能答話了。

和幽靈，不對，和山本說話。

「喂、喂……」

『啊，抱歉，你現在方便說話嗎？』

山本的聲音和平常一樣，完全沒變。

「嗯、嗯，可以。」

『難得你昨天約我出門，真抱歉啊。』

「不會啦，我完全不介意，畢竟是我突然約你。」

『因為你沒有回我簡訊，我在想，你是不是生氣了？』

「啊，不是，我因為工作的關係……有點忙。」

聽我這麼說，山本的聲調突然帶有一絲不安。

『發生了什麼事情嗎？』

「咦？沒有，我不是那個意思。」

『我們還是在你公司附近吃個飯吧……』

「不用了！」

我不禁用非常強勢的態度拒絕他。

沉默片刻後，我聽見山本用非常悲傷似的聲音說道：

『……你果然在生氣吧？』

「不是那樣……我知道了，今晚一起吃個飯吧。」

我做好覺悟後答應他。

山本聞言，突然改用開朗許多的聲音回道：

『那就這麼辦！我會在你的公司前接你！』

「嗯……那就晚上見……」

『晚點見囉～』

我掛斷電話後立刻感到後悔。

到底該用什麼表情見他？

難道我……被附身了嗎？

「怎麼可能……」

我哈哈乾笑兩聲，強迫打消不安的念頭。

「隆！辛苦了！」

一離開公司，就看見山本開朗得像傻瓜似的笑臉。

「要去哪間店？之前的咖啡酒館怎麼樣？那邊的軟殼蟹義大利麵超好吃的！啊，那間店的薯條也很棒！」

我們之前一起分食義大利麵的那間店啊？

那間店的光線很昏暗，我想盡量避免昏暗的場所。

「今天吃『大漁』好了，最近我們很少去那間店。」

我選了一間據我所知最明亮又吵鬧的店。

「喔！好啊！那是你喜歡的店嘛。」

山本似乎很開心地笑著。

原本應該早就坐習慣的堅硬椅子，今天卻覺得坐起來特別不舒適。

我選了最不會出錯的話題：
「大阪人真的人人都會有烤章魚燒的器具嗎？」
「幹嘛突然問這個？」
山本挑了挑眉毛，隨後又津津有味地喝起啤酒。
「因為之前電視上播了這種內容……」
他呵呵笑一下，得意又神氣地看著我說：
「當然會有囉。」
「咦？原來不是騙人的啊！」
我誇張地假裝自己很驚訝。
「一個人住的話，當然要先開場章魚燒派對！」
我發出「喔～」的一聲附和，佩服似地點點頭。
「對了！下次在你家辦章魚燒派對吧！」
山本出乎意料的提議讓我冒出一身冷汗。
「咦！可是我家沒有烤章魚燒的器具……」
「我會帶去啦！」

「不行不行！我家又遠、又小、又髒……」
「沒關係啦。」
「而、而且牆壁很薄，不太方便聊天……隔壁鄰居對噪音很敏感。」
「這樣啊……那的確不太好。」
「對、對啊，雖然我真的很想招待你來我家。」
我用比平常快一點五倍的速度喋喋不休地說。
「不然來我家吧？」
「不行不行，這樣不太好啦！」
我也不知道哪裡不好，總之就是不停搖頭。
「其實來我家是沒有關係，不過，來了你就完蛋囉。」
「咦！」
「會讓你回不了家喔。」
我不禁發出驚呼聲。
山本笑了笑。
我的背脊陣陣發冷，冷汗直流。

「你會瘋狂著迷於我的魅力喔。」
「哈、哈哈哈哈哈。」
「搞什麼啊，笑得像是在討好人。」
我蹩腳的討好笑聲讓山本有點不開心。
選錯話題了，這樣下去可不行。
得想辦法換個話題才行。
焦慮的我終於想到週末發生的事。
「對了，山本，你星期天去哪裡？」
「星期天？」
「對，那天我一個人去買東西，然後在你之前告訴我的服飾店附近看見你。」
「我？你看錯了吧？我沒有去那附近。」
山本不以為然地回答。
「我看到你從那邊搭公車離開……」
「你搞錯人了。」
他冷淡地回答。

我真的看錯人了嗎？

不對，那的確是山本。

我回想起山本撞到玻璃櫥窗後，露出害怕膽怯的神情。

或許不要再提這件事情比較好。

我記得他當時彷彿逃離般搭上的公車，沿途經過的地點是住宅區、大學、墓地公園……墓地公園？

背後又冷汗涔涔。

難道是去那裡……

山本看我不說話，自己開口說：

「怎麼啦，隆？你該不會是太想見我而看見我的幻影吧？受歡迎的男人可真是辛苦呢。」

他笑著這麼說。

山本還是沒變，依然很健談。

他跟平常一樣，天南地北地和我閒聊，邊笑邊喝著啤酒。

但我光是假裝自己有在聽他說話地附和他，便已耗盡精力。
他一如往常，聊到一個段落之後，站起身來說：
「我去一下廁所。我們再喝一杯吧？」
「嗯，好。」
「不好意思～這裡再點兩杯啤酒。」
「好！」
我凝視著滿臉笑容地回答山本的店員。
「請問您要點餐嗎？」
店員以為我叫他，便靠向我的座位旁邊。
「啊，那個，我要花魚。」
「好的！」
我趁山本不在時，確認了他的啤酒杯。
啤酒已經喝光了，他的確有吃飯和喝酒。
「我幫您收空杯。」
店員說完，立刻從旁拿走我正抓著的空啤酒杯離去。

「喔，你點了花魚啊？好像很好吃呢。」

從廁所回來的山本看著桌面，開心似地笑了。

「是啊……」

我用跟初次見面時如出一轍的僵硬笑容回答他。

不想思考的星期二，我決定什麼都不要思考。

總是想著山本的事情也無濟於事。

如果他真的是為了幫助我而現形的幽靈，那我也只能努力工作，好讓他安心成佛。

總之，工作吧。

雖然不知道我能做到什麼地步，但只要從能做的部分開始就好。

截至目前為止，我拜訪過的企業多不可數，其中有人願意聽我說話，也有人不願意。但不論是多麼瑣碎的細節，一定也藏有貴重的情報。我就按照各企業類型，將拜訪的過程全部整理成資料吧。

首先當然是小谷製菓。

至少要先把這份資料交給五十嵐前輩。

他有需要的話再使用就好，若沒有需要，無視也沒關係。

我開啟電腦，一字不漏地把和野田先生對話的內容全都打成資料。

試著重新回想後，和野田先生以及小谷製菓相關的情報在轉眼間越寫越多。

沒想到才半年，就得知許多那間公司和野田先生的情報。

一想起對方剛開始時，完全不肯聽我說話、令人灰心氣餒的初次見面情景，我的心逐漸溫暖了起來。

一早就對著電腦努力整理資料是有價值的，在中午前，我便將所有情報都整理完畢。

我打算在午休以前將這些資料交給五十嵐前輩，便往前輩的座位走去。

「五十嵐前輩，我整理了過去和小谷製菓交流的情報，可以的話請收下使用吧。」

我遞出列印好的資料後，五十嵐前輩一瞬間露出驚愕的神情，並說：

「我不是昨天就叫你把資料全部都交給我了嗎！」

為五十嵐前輩氣勢洶洶的模樣震懾的我，支吾其詞地說：「不，那個……」同事們察覺到前輩大相逕庭的模樣，紛紛轉過頭來查看狀況。

當然，部長也是其中一人。

五十嵐前輩毫不客氣地走向我的座位，擅自打開我的電腦，不知道在確認什麼。

然後，他說「過來一下」，抓著我的手腕把我帶離辦公室。

前輩在一個人也沒有的茶水間低聲逼問我說：「我說過要你把資料全部交出來吧！」

我嚇得完全說不出話。

「對、對不起。」

面對退縮的我，五十嵐前輩用我方才交給他的紙本資料敲打著牆壁，紙張沙沙作響。他威嚇地說：「這到底是什麼東西？」

「那、那個……那是只有我知道的情報……」

「你打算威脅我嗎？」

我完全摸不著頭緒。

「威、威脅……？」

「不要偷偷在一旁搞這種小動作，給我說清楚！」

我完全不明白發生了什麼事，腦中一片混亂。

「我……那個……以為如果能整理出以前和野田先生討論過的事，會對你有幫助……」

聽我這麼說，五十嵐前輩露出一臉詭異的表情。

「你……」

他邊開口邊與我保持距離，然後不發一語地回到辦公室。
我也茫然地回到辦公室，窺探著五十嵐前輩的模樣。
前輩似乎正在確認我遞給他的資料內容。
當他與我四目相接，臉上又浮現尷尬的神情，避開我的視線。
這起插曲結束後，正好是午休時間。
五十嵐前輩走到部長跟前，兩人結伴離開辦公室。他們離開時，部長似乎往我的方向看了一眼，但因為方才的衝擊，讓我無法分神留意這種細微末節。

我已經想回家了。
要是可以因為身體不適而倒在這裡，該有多麼輕鬆呢？
午休結束後，我拖著沉重的腳步回到辦公室。
五十嵐前輩和部長都還沒回來。
超過午休時間三十分鐘後，他們才終於走進辦公室。
然後，部長靠近我的座位說：
「青山，你過來一下。」

我彷彿要接受死刑判決似地跟在部長後頭。

進入會議室後，部長一屁股用力坐在椅子上。

我則站在他面前，低著頭不發一語。

經過一段無言的空白時間後，部長緩緩開口說：

「你到底想怎樣？」

我靜靜地聽他說，心裡想著：「他到底在說什麼？」

「你讓五十嵐支援你，卻還喋喋不休地數落他的不是嗎！」

我沉默不語地直挺挺站著，一動也不動。

「我看你老是說，那是我負責的啦、契約已經談妥啦，一副自己的功績被搶走的態度！」

我想起昨天早上的事，但我明明不是那個意思……原來前輩是那樣子解讀的嗎？這讓我又更加厭惡自己的愚蠢。

「這麼眷戀功績嗎？想要業績到甚至不惜背叛對你有恩的前輩嗎？你這個人渣！」

部長口沫橫飛地大吼大叫，但我一個字都沒聽進去。

「你到底能做什麼！說話啊！你這混蛋沒帶嘴巴出門是不是？」
我腦中想著至少要解開這場誤會，希望能讓五十嵐前輩知道我其實非常感謝他。
「我……沒有那種想法……真的很感謝前輩。」
得向前輩道歉才行。
即使沐浴在辱罵聲中，我心底仍充滿這個想法。
不知道為什麼，只有部長最後吐出的一句話刺入我的腦海中。
「我看你一無是處，倒是挺會惹人生氣的嘛！」

回到辦公室後，大家都裝作沒看見我。
總之，我先走向五十嵐前輩的位置，竭盡所有勇氣開口說：
「前輩，不好意思，能麻煩你跟我聊聊嗎？」
五十嵐前輩一臉困擾的模樣，但被部長催促說：「你就是人太好才會被他騎在頭上！把想說的話全告訴他啊！」這才勉強站起身。

來到頂樓後，五十嵐前輩粗魯地只說了一句：「幹嘛？」

我想跟前輩道歉到甚至願意當場下跪的程度，只希望不要被他討厭。

「那個……我從部長那邊聽說了，所以想為昨天的事情道歉。」

「昨天什麼事？」

「那個……我真的認為自己受到前輩很多照顧。之前我犯了錯，前輩仍願意支援我，我真的非常、非常……」

我低著頭說話，試圖傳達出誠心誠意的想法。

「夠了！」

五十嵐前輩焦躁地用粗暴的聲音打斷我，然後發出「啊～」的怪聲，搔亂自己的頭髮。

「你是故意的吧？想賣我人情嗎？」

我完全搞不懂前輩從一大早就如此焦慮煩躁的原因，不知道該如何道歉才好，只能無力地喃喃說著：「對不起……」

前輩卻露出更加煩躁的模樣說：

「你早就知道了吧？」

什麼也不知道的我，又再度用幾乎消失在空氣中的聲音，重複說著「對不起」。

「我完全搞不懂你在幹什麼？我看你乾脆辭去業務的工作吧？你根本做不來也不適合。」

我只能安靜地聽著前輩說話。

前輩完全不隱藏焦躁的情緒，雙手抓著柵欄，像是動物園的猴子一樣用力搖晃欄杆，發出喀鏘喀鏘的聲響。

然後，他嘆了一口氣，面對我說：

「是我幹的。」

頭腦不好的我心想他究竟幹了什麼？

前輩又再度深深嘆一口氣，露出似乎放棄一切的表情說：

「更改小谷製菓訂單的人，是我。」

聽見出乎意料的話語，我頓時啞口無言。

前輩繼續說：

「你聽好，這個世界就是要互相爭奪業績、排擠對方。要是才工作半年的新人就拿到大契約，我會被要求拿到新人一倍以上的業績。你根本毫無緊張感吧？不僅立刻就相信他人，還不斷說好聽的話。那種做法在這個世界是不管用的。」

我實在無言以對。

他明明是我最信任的人，明明總是用溫柔的笑容鼓勵我。

「你知道我昨天擅自操作你的電腦吧？那是因為你的電腦裡還留有我偷換訂單內容當天的日期。你早就發現我試圖刪除證據吧？還故意說什麼要幫忙我。想跟部長報告就去啊！你真的很惹人厭！反正那以前是你負責的吧！你很不爽我輕鬆就拿到業績吧！」

「怎麼會……」

真不敢相信眼前的事態發展。

我只對自己沒發現前輩的心情感到愧疚。一想到前輩的言行全都是謊話，就悲哀到甚至喪失了開口說話的力氣。

「順便告訴你，我早就知道那天一定會接到野田先生打來的客訴電話，才故意待在辦公室裡，哪裡都不去。這麼一來，這項業務就會轉交給我負責。當我還是新人的時候，會確認所有下訂的貨物是何時送達，自行核對有沒有按時送達、有沒有出錯，才不像你一樣有時間悠閒地跑去吃拉麵！」

前輩的聲音聽起來越來越遙遠，宛如事不關己般在遠處作響。

「我可受不了要跟負責人開心聊天、感情融洽之後才拿得到訂單這種鳥事！」

前輩彷彿吐出穢物般這樣說道。

我腦中突然響起部長對我說過的話：

『你挺會惹人生氣的嘛！』

啊啊，這樣啊，追根究柢都是我的錯。

害五十嵐前輩豹變的人，不就是我嗎？

我存在於世上，只會讓人煩躁而已。

果然，我是個不應該出社會的人。

十一月十三日（日）

十一月十三日（日）

星期天的早上，有點幸福。
今天，我對此有一點認同。
因為從明天開始，就不用繼續唱這首歌了。
一切都會在今天告終。
時間停留在星期天，星期一永遠不會到來。
不需要再度想著明天而感到憂鬱不已。
頂樓上吹拂的風似乎比昨天還要冷。
今天的荷包鎖果然也鎖得緊緊的。
我拿著榔頭，重重地往鎖頭敲下去。

喀噹——
耳邊發出的堅固金屬聲，在一瞬間就受到空氣稀釋，消失了。

喀噹——

我果然是不能存在於世的人類。

喀噹——

因為，就連那麼溫柔的前輩都因我而改變。

我只會讓周遭的人煩躁不已。

那不是誰的錯，全都是我的錯。

是讓周圍的人不愉快的我該負起責任。

我討厭這樣的自己，討厭得不得了。

喀噹——

我像是要把所有情感全都發洩出來般，用力地敲打荷包鎖。

喀嘰——

隨著一道鈍重的聲音響起，老舊的荷包鎖終於結束它的職責。

我打開柵欄門，前方彷彿出現另一個世界。
眼前不再有任何遮蔽物。
只有清澈的藍天綿延到遠方。
一步、一步，我慢慢往前走去。
單腳踩著約是三十公分高的頂樓邊緣，然後直接站上去。
天氣真好。
不可思議的是，感覺一點也不恐怖。
再等一下就能解放了——這樣一想，我的心底湧起一股高昂的感覺。
我用力深呼吸，張開雙手，仰望天空。
陣陣冷風吹來。
感覺我真的可以就此飛翔。
我緩緩閉上雙眼。
就和那天在車站月台做的事一樣。
腦中一片空白，任憑風吹拂自己的身體。

「好像很舒服耶。」
突然，後頭傳來的一句話把我拉回現實之中。
我不用回頭也知道那是誰的聲音。
我周遭會說關西腔的人，只有他而已。
我一直隱約認為他會出現。
他說不定真的是幽靈。
我緩緩放下張開的雙手。
「抱歉。」
我背對著他說。
「抱歉啥？」
那聲音聽起來一如既往。
「你明明開導過我那麼多次。」
現場陷入片刻沉默。

彷彿時間暫停般的世界中，只偶爾聽得見風聲。

「我可以過去你那邊嗎？」

首先打破沉默的是山本。

「不，不要過來。」

我立刻回答。

「我也不要。」

山本同樣立刻回答說：

「你要是在我眼前摔下去，我心裡一輩子都會有陰影。」

「那你回去吧，假裝什麼也沒看見。」

「怎麼這樣說呢？如果你是我，你會乖乖回去嗎？」

真是個油嘴滑舌的傢伙。

我想了一下，又開口說：

「反正我馬上就能再見到你吧？」

如果要說我心裡唯一掛念的事，那就是還沒從山本的口中聽見真相。

「……什麼意思？」

山本用有點困惑的聲音說。

我吸了一口氣，用清晰的話語斷言：

「山本純早在三年前就死了。」

一陣稍強的風吹來。

我身上穿的襯衫被風吹得啪噠作響。

「你知道了啊？」

一陣沉默過後，山本乾脆地說。

果然是真的啊？

我原本還一直半信半疑。

怎樣都無法相信山本是幽靈。

雖然這是我一直想知道的答案，但由他本人親口說出來，還是讓我有點震驚。

「所以，我馬上就會過去你那裡。我們在那個世界喝一杯吧？」

我在心中暗想，說不定自己沒辦法去天國呢。
對於「跳下去」這件事，我不再猶豫，甚至還覺得，有山本在後頭看著，安心了許多。
當我再度張開雙手，卻從後面聽到噗哧的笑聲。
「你該不會以為我是幽靈吧？」
「你真的這樣想喔？」
聽見山本說的話後，我停下自己的動作。
不知不覺中，那聲音已經貼近我的背後。
「面對我吧。」
不知道為什麼，我的心臟跳得比決定跳樓時還要快。
「面向我這裡吧。」
他用比剛剛還溫柔的語氣說話。
我扭轉著身體，慢慢地回過頭。
山本的表情相當溫柔，但他眼中藏不住的哀傷，和我先前曾看過的神色一模一樣。
山本輕輕地伸出手說：
「你摸摸看會不會很冰。」

我猶豫著把自己的手重疊到他的手心上。
指尖碰觸到他的手心後，感受到了柔軟，以及溫暖。
山本用五指緩緩包覆我的手，並用力握緊。
他說著：「很溫暖吧？」臉上掛著笑容。
山本下垂的眼尾溢出一道眼淚。
冰涼的水滴也滑過我的臉頰。
他就這樣輕輕拉著我的手。

從頂樓邊緣走下來的我，貼著欄杆坐了下來。
山本也跟著坐在我旁邊。
「天氣真好啊。」
他嘟噥說道。
「嗯，真的。」
就算透過欄杆看去，天空依舊很美，我們倆就這樣抬頭仰望著天空好一段時間。

突然，山本詢問我說：

「我說啊，隆，你認為人生是為了誰而活？」

「咦？」

「你的人生是為了什麼而存在？」

我認真地思考後回答說：

「……為了社會？」

「完全不對。」

「那麼……為了自己……？」

「對一半吧。」

「一半？」

「沒錯，你的人生有一半是為了自己，至於另一半，你認為是為了誰？」

「……為了將來的孩子之類的？」

「考慮現在就好。」

山本看著正在思考的我，緩緩開口說道：

「還有一半，是為了重視你的人而活。」
聽到山本這句話，我傻傻地回答：
「但我又沒有女友。」
「我知道。不過，還有其他人吧？」
「咦？」
「仔細想想。」
「……你嗎？」
「好噁心！」
「那到底是誰？真抱歉，我沒幾個正經的朋友。」
山本露出驚訝的神情看著鬧脾氣的我。
「你真的不知道？」
「嗯……」
山本輕輕地嘆氣後，認真地凝視著我的雙眼說：
「難道你認為，你從呱呱墜地開始、長大到現在，都是靠你自己一個人嗎？」
我說不出話來。

「喂，隆，你現在只想著自己的心情而已，曾經想過被留下來的人的心情嗎？曾經想過因為救不了你而懊惱的人，必須一輩子抱著後悔的心情嗎？」

我腦中浮現父母的臉。

當我還是高中生的時候，父母帶著我搬到山梨。

老爸工作的公司倒閉的同時，住在鄉下的奶奶也病倒了。

原本就在山梨長大成人的父母回到老家，我則是只有在高中時期就讀山梨的學校。

當時，我不願意離開東京，因此和父母大吵一架。

為什麼要在會倒閉的公司工作？

為什麼老爸不在東京找新工作？

我滿腦子都是這些想法，焦躁地大聲咒罵。

每天在山梨的高中上下學時，我總是心想，自己明明就不想待在這種地方。

在這種地方，根本不可能交得到朋友。

我想趕快回去，還報考了關東的大學，飛也似地逃離山梨。

這麼說來，老爸當時有拿到退休金嗎？
當時家中的經濟狀況應該不太好，但我不曾聽過老爸和老媽抱怨。
他們什麼也不提，還讓我去念大學，甚至匯生活費給我。
而我也理所當然似地收下來。
有件事我直到現在都忘不掉。
那就是要搬去山梨的那天，寡言又頑固的老爸對我說的話。
『要你離開你好不容易交到的朋友，真抱歉。』

啊啊，我真的是個大笨蛋，總是自私地只想著自己。
以為就算我死了，也不會有人打從心底為我感到悲傷。
以為朋友們哭完後就會忘了這回事。
我甚至沒有多餘的心力去想到父母。
他們明明是我最重要的人。
我感到一陣鼻酸，趕緊裝作很冷的樣子，吸了吸鼻子。

「好像有點冷了。」

山本露出非常溫柔的微笑看著我。

「是啊，差不多該回家了吧？」

我們穿過門，回到柵欄內的世界後，山本發出「嗯～」的一聲伸了伸懶腰。

「啊～安心之後肚子就餓了。」

我呵呵笑著。

山本以笑臉問我：

「要去哪裡吃午餐啊？雖然已經過中午很久囉。」

我停下腳步說：

「說得也是。啊，在那之前，我有件事想問你。」

「啥事？」

山本也停下腳步。

「為什麼你會知道我在這裡？」

「因為你沒回我簡訊啊。」
「你有傳簡訊給我嗎……抱歉，我沒注意到。」
「我傳簡訊問你，我們好久沒去看電影了，要不要一起去看？但你沒有回覆，我就去你家找你。」
「這樣啊……」
「我想說你既然假日不在家，可能會在公司……」
「原來如此……等等。」
「嗯？」
「嗯什麼嗯！」
「怎麼？」
「什麼怎麼啊……」
我吸了一大口氣，又一下子全都吐出來。
「你怎麼知道我家在哪裡！」
「咦？你之前沒告訴過我嗎？」
「我才沒告訴過你！」

「哈哈哈～」

笑什麼啊！

我不禁頹喪地垂下頭。

「山本，你究竟是什麼人？」

山本看著下定決心詢問的我，嘻嘻笑著說：

「我是幽靈。」

「咦……？」

「如果我真的是幽靈，你要拿我怎麼辦？」

「什麼怎麼辦……也不能怎麼辦吧？我們都已經是朋友了。」

「哈哈哈！和幽靈做朋友啊，你可以跟其他人炫耀一下喔。」

「誰會相信啦！」

我邊嘔氣，邊慌張地制止要往前走的山本。

「所以呢……你真的是幽靈？」

「祕密！」

「咦！」

「要是承認我真的是幽靈，被人除靈不就完蛋了嗎？」

山本一臉宛如惡作劇小鬼的調皮神情，一溜煙掙脫我抓著他的手，衝向電梯。

我邊說：「喂，等一下！」這句好像某位知名演員會脫口而出的台詞（註4），邊追在山本的後頭。

山本快速地轉頭說：「我只跟你說一件事，不要隨便請好久不見的『同學』幫忙保管自己裝滿重要物品的公事包！」

山本又笑了一下，隨後立刻轉身奔跑。

公事包……？

我停下腳步認真思考。

一度跑得看不見身影的山本，又衝回來用雙手推著我的背前進。

我保持歪著頭的姿勢，被他從後頭推往電梯。

註4 原文為「ちょ、待てよ」，木村拓哉在多部日劇裡都說過這句台詞。

嘟嚕嚕嚕——撥號聲響了三次後，我聽到好久沒聽見的懷念聲音。

『這裡是青山家。』

「啊，是我啦，媽媽？」

『哎呀！隆！好久不見了，過得好嗎？』

「嗯，我很好，你們呢？」

『奶奶和爸爸都很好喔。你等一下！老公啊！』

媽媽大聲呼喚爸爸，我緊張地說：

「不、不用叫他啦！」

『奶奶去醫院了，不在家呢。』

媽媽遺憾地說。

「所以說不用啦，也沒什麼重要的事……」

『老公！快點，是隆、是隆！』

她沒在聽。

『……隆嗎？』

一年沒聽見爸爸的聲音，聽起來似乎蒼老了許多。

「嗯。」

『過得好不好啊？』

「嗯。」

『工作怎麼樣？』

「嗯……還好……」

『這樣啊……』

爸爸沉默一會兒，又繼續說：

『你還很年輕，趁現在多失敗點也沒關係。』

「咦……？」

『你媽在旁邊等，換她講吧。』

「嗯、嗯。」

老爸突如其來的發言，令我有點不知所措。

然後，我又聽見媽媽似乎很開心的聲音。

『隆，你過得好嗎？』

「我說過很好了。」

『你都不回家，我很擔心耶。』

「嗯……抱歉。」

『工作發生了什麼事？』

媽媽擔心地詢問。

「不……也沒什麼。」

『是喔？下次什麼時候回家？』

媽媽又再度用很有朝氣的聲音問道。

「啊，我最近應該會回去一次。」

『直接搬回家住也沒關係喔。』

「怎麼可能？我不會住在那邊啦。」

『畢竟你很喜歡東京嘛。』

「嗯……」

『不過，這裡有爸爸跟媽媽在喔。』

媽媽彷彿在跟小孩子說話般的溫柔語調，和遙遠記憶中的語調完全一樣。

「嗯……我知道。」

『討厭東京的話，你隨時可以回家。』

我下定決心開口說：「那個……」

『怎麼了？』

「如果……我是說如果，如果我說我想辭職的話，妳怎麼想？」

『哎呀，這也沒什麼不好啊？』

媽媽回答的語氣中毫無困惑或迷惘。

「別說得那麼簡單嘛。」

『有什麼關係？這世界上又不是只有一間公司而已。』

聽見媽媽滿不在乎的話語，令我有點沮喪。

「不，正常來說會阻止我吧？」

『那是你自己的人生啊，你想怎麼做就怎麼做。』

「話是這麼說沒錯……」

『你還年輕，工作還能再找。』
「哪有那麼簡單就能找到。」
『真的找不到的話，回家就好了，不是嗎？』
「我回家的話，會增加你們的負擔吧？經濟上之類的。」
『你在說什麼啊，只是多你一個人，又不是什麼大事。』
媽媽哈哈大笑，又繼續說：
『隆，媽媽下禮拜生日對吧？』
「怎麼突然岔開話題？妳想要什麼嗎？」
這還是媽媽第一次開口向我要禮物，讓我有點吃驚。
『媽媽想要吃好吃的蛋糕。』
「蛋糕？蛋糕的話那邊也有賣吧？」
『我想吃東京賣的好吃蛋糕！』
「怎樣的蛋糕？」我有點驚訝地問。
『隨便都好，反正你下次回家時記得買回來。』
「那禮物呢？」

『就是蛋糕啊。』
「這樣就夠了嗎？」
『很夠了，一定要買好吃的喔。』
我邊思考著媽媽什麼時候變得這麼愛吃蛋糕，邊回答：
「我知道了，我會買大蛋糕回家。」
『小的就好了啦，你爸又不吃甜食，你也不愛吃不是嗎？』
「我會跟妳吃，就買大的吧。」
『吃剩的話很浪費耶。啊，等一下！你爸也說他要吃！真是稀奇。』
老爸似乎在一旁聽著我們的對話。
「我知道了，那就下個月吧。」
『隆。』
「什麼事？」
『別擔心，人生啊，只要還活著，意外地會船到橋頭自然直喔。』
媽媽用開朗的聲音激勵我。「只要還活著」這句話，讓我的胸口隱隱作痛。
同時，我也為了自己原本打算做的事心生愧疚。

「嗯……我知道。」

『要照顧好自己的身體，別勉強喔。』

「嗯。」

『要按時吃飯喔。』

「我知道啦。」

『你下個月真的會回來吧？』

媽媽叮嚀的話語中隱含的擔憂，清楚地傳達給我。

我終於理解為什麼媽媽會突然聊起生日的話題。

一想到媽媽說想吃蛋糕的心情，一股熱意便湧現到胸口。

「會啦……要吃蛋糕不是嗎？」

『沒錯沒錯！我很期待蛋糕喔。』

「好，再見。」

掛斷電話前，媽媽稍微加快語氣，明確地說：

『有什麼事的話，隨時可以打電話回來，爸爸和媽媽都在這裡。』

我只短促地說了「再見」，就掛斷電話。

然後，我拿著手機跌坐在地上。

不管住在多麼鄉下的地方，只要去到大街上，要多少好吃的蛋糕都買得到。

即使如此，媽媽依然堅持「不是我買回家的就不行」，要求把蛋糕當作禮物。

好讓為了工作煩惱的兒子有個回老家的藉口。

為了要讓兒子活著回家。

只要還活著——媽媽究竟是抱著怎樣的想法說出這句話呢？

我後悔起自己曾說出「自己死了也沒人會傷心」這種話。

我竟然想輕易捨棄父母親手養育的這條生命、丟棄父母極其艱苦拉拔長大的這條生命，不禁強烈責備自己的愚蠢。

對不起，我真是個不成材的兒子。

我是個想做傻事的兒子，真的很對不起。

我不是孤單一人。

我抓著手機，緊抱在胸口，嚎啕大哭。

令人想死的星期一——今天請假。

部長似乎在電話的另一端咆哮著什麼，但我一點也不在意。

吃完早餐後，我立刻前往圖書館。

有件事，我無論如何都想確認清楚。

山本究竟是什麼人？

相遇之後過了好幾個月，我一開始以為他是同學，現在又以為他是幽靈，直到現在都還沒找到真正的答案。

我和山本見了那麼多次面。

答案一定早就在眼前。

我不停思考，試圖從他的隻言片語中，找出自己思考後得出的假設。

這或許就是正確答案。

應該說，如果不是這樣的話，就不合邏輯了。

我想親眼確認這件事。

來到圖書館後，我把從「那天」開始發售的報紙和週刊雜誌，依循舊到新的順序堆在桌上，從頭開始瀏覽山本純自殺的相關新聞。

雖然我確認了一個月份的報紙各個角落，但到處都沒有找到相關報導。果然這種新聞要從週刊雜誌找起吧？

我按照順序，從頭看起凌亂地寫著聳動標題的週刊雜誌。

然後，在第七冊所寫的報導其中一節，終於讓我找到部分段落。

果然正如我所料。

我知道山本拚命阻止我的理由了。

山本把我和「他」的模樣重疊了。

一思考山本究竟是抱著什麼樣的心情面對我，就令我感到胸口苦悶。

我來到上網區，打開那個部落格，傳送留言給部落格的主人「Mi」。

令人感激的是，對方立刻就回覆。

來往交談好幾次之後，我離開了圖書館，往東京車站走去。

在搖晃的新幹線中坐了兩小時半。

我第一次踏上大阪這塊土地。

接下來還得花費快一小時轉乘ＪＲ和地鐵。

雖然抱著迷路的覺悟，但因為親切又有點性急的大阪居民的幫助，讓我比想像中還輕易地找到目的地。

那個家非常漂亮，是現今非常少見的日式宅邸。

我原本以為自己突然造訪會遭到屋主懷疑，沒想到卻毫不費力地進入這戶人家。

衷心感謝「Mi」事先替我聯絡了屋主。

「真抱歉，突然登門拜訪。」

我過意不去地道歉，開門迎接我的年長女性溫柔地搖搖頭說：

「不會，哪裡的話。」

她的舉止優雅，容貌端莊美麗，但頭髮已經一片花白。

「請問……能否先讓我上個香呢？」

我詢問之後，她溫柔地微笑並低下頭說：「謝謝你。」

我致意完後，她露出哀傷的表情說：

「我希望他們倆能夠一起成為純粹又溫柔的人，才取了這個名字，但是，那孩子卻人如其名，純粹過了頭呢。」

房內擺設著看起來質感很好的木頭桌子，桌子前方放了一張似乎很高級的皮革沙發。這是一間裝潢品味極好的房間。

我坐在沙發上，她邊說著「招待不周真是抱歉」，邊端來裝著綠茶的漂亮茶碗，我感激地收下。

她看向放在房內的照片，又看了看我說：「那孩子當時和你的年紀差不多。」隨後，臉上露出看似寂寞的微笑。

我們寒暄了一陣子後，老婦人緩緩談起「他」的事。

「我最懊悔的是，沒有教導那孩子什麼是最重要的事。」

她稍微垂下眼簾，再度望向照片。

「我沒有教導他逃跑的方法，也完全沒察覺到他出了問題。那孩子從小就非常認真，勤奮又努力。我和先生總是對他說：『加油、加油，沒問題，你一定辦得到的，加油。』如此扶養他長大成人。」

明明對方是初次見面的女性，那雙眼眸卻令我覺得眼熟。

她繼續說道：

「那孩子在不熟悉的環境一個人加油，努力加油。即使毫無辦法，依然毫不停歇地繼續加油。他沒辦法逃避，也無法示弱，最後終於崩潰了。我怎麼會沒察覺呢？如果他當時在我身邊，自己說不定就能做點什麼吧？我到現在都這樣想。」

我知道自己覺得那雙眼眸很眼熟的理由了。

我認識一個人，有著一雙與她用深邃的哀愁妝點的瞳孔一模一樣的眼睛。

「我最後一次和那孩子通電話的時候，還告訴他『沒問題，你一定辦得到』，真是不負責任的說法。那孩子明明已經出現問題了，我卻沒有說『你受不了就辭職吧』。我沒有發現那孩子有多痛苦。」

她用手帕輕壓自己的眼角。

「那孩子不知道逃跑的方法，無法辭職，也無法找人諮詢，只好了斷自己的人生……」
她抓著手帕的手微微顫抖。
無法拯救心愛的人的遺憾和後悔。
我無法推測那究竟是多麼沉重的東西。
只差一點，我就要給予自己的父母同樣的感受。
罪惡感淹沒我的胸口，令人幾乎想要伸手搔抓。

我輕輕地吸了口氣，開始說：
「我在不久前，打算做出和純一樣的事。」
老婦人維持用手帕擦拭眼角的動作看向我。
我拚命忍著幾乎要奪眶而出的淚水，繼續說：
「我想要努力，卻不知道該怎麼做才好，更別說不管怎麼努力都是徒勞無功。我很痛苦，卻沒有勇氣辭職。以前父親工作的公司曾經倒閉過，更讓我以為辭職的話，一切就結束了。我很羨慕在知名企業工作的人，自己卻什麼也做不好，渾身是傷。」
她點著頭聆聽我訴說。

「可是，自從我認識他以後就變了。是他改變了我、教導了我，告訴我真正重要的事情是什麼。」

說到這裡，我一口氣喝光綠茶。

她細心沖泡的茶即使冷了，喝起來依舊有溫暖又溫柔的味道。

「冒昧詢問一件事……」

我下定決心開口問：

「純的墓在東京嗎？」

她露出有點驚訝的表情說：

「是的，沒錯。其實，我們在那件事之後便打算回到東京，但因為丈夫工作的關係，必須待在這裡一段時間……我原本想在純的身邊生活。」

原來如此，原來是這麼一回事。

其中一個謎解開了。

她繼續說：

「不過，既然他人在東京，純也不會寂寞了。」

我用微笑面對她寂寞的笑容。

「是啊，一定沒問題的。」

她又再度慢慢訴說：

「他之所以不再回家，都是我的錯。我的心靈脆弱，總是哭哭啼啼的。只要看見和純長得一模一樣的他，就會回想起純，老是為此難受得哭個不停。真是個傻瓜。結果，我還是親自傷害了兩個重要的孩子。」

我無法答話。

她看見我消沉的模樣，刻意用有點開朗的語氣說：

「他偶爾會傳簡訊給我喔，但都只有正面的消息，只會說自己過得很好，叫我別擔心。」

我稍微開朗地笑了。

「哈哈，真像他的作風。」

「他連現在的工作地點、居住地、電話號碼都不告訴我，你不覺得很過分嗎？」

她略顯寂寞地笑著。

「所以，我根本不知道他現在究竟在哪裡怎麼生活，過著什麼樣的人生。」

她說完，又為我喝光的茶杯重新注入溫熱的綠茶。

我品嘗了她新沖泡的綠茶，閒聊一會兒後，差不多該準備離開了。

「今天突然登門造訪，真的非常不好意思。我很慶幸能和您談上許多話，非常謝謝您。」

「我才是，能見到你實在是太好了。他有這麼棒的朋友，我也能放下心，一定不會有問題的。謝謝你特地來到大阪，純也會很開心的。」

她首次露出衷心愉快的微笑。

我調整坐姿，凝視她的雙眼說：

「該道謝的人是我。我這條命，是被您所養育的孩子拯救的。」

我看著雙眼濕潤的她繼續說：

「他正如其名，是個純粹又溫柔的人，而且，還是個堅強的人。雖然我無法狂妄地說要連同純的份一起努力，但是，我和他今後都會努力地活下去。」

純和那男人的母親用手帕按壓奪眶而出的淚水，小聲地呢喃：「謝謝。」

十一月十五日（三）

我緩緩在中午前起床，伸手拿起手機。有七通未接來電，全都是公司打來的。

我沖了澡，只穿著褲子就吃起早餐，吃完才換上襯衫。

穿上以淺直條紋裝飾藏青色布料的襯衫，搭配我最喜歡的天藍色領帶。

我在鏡子前用髮蠟抓了抓頭髮，簡單地打扮一下。

穿上擦得光亮的皮鞋，手提裝著文件的公事包後，精神抖擻地離開家門。

抵達職場附近的咖啡館後，我坐在二樓的座位，約山本出來見個面。

他像平常一樣，二話不說立刻就答應。

走進店裡的山本發現我之後，滿臉笑容地靠過來。

「怎麼？今天這麼早下班？」

「不，我今天休假。」

「休假？那幹嘛要穿西裝？」

「有什麼關係。」

「搞啥啊？」

店員送來山本點的冰咖啡後，我清了清嗓子說道：

「我今天有話想跟你說。」

「什麼事？看你一本正經的。」

我挺直背脊，大聲說道：

「非常謝謝你的照顧！」

山本看見我突然低下頭致謝，緊張地說：

「喂喂！你搞啥啊？別這樣啦，好丟臉！」

我抬起頭來，看見山本露出害羞的笑容，邊說「你還真怪耶」邊搔搔自己的頭髮。

我毫不在意地繼續說：

「我真的很感謝你，你拚命幫助我……還做我的朋友。」

「彼此彼此啦，我在東京也沒有朋友，你幫了我大忙。」

山本嘻嘻笑著。

我對於看見那張笑臉感到滿足，開始切入正題。

「是因為公事包吧？」
我笑著說：
「一開始我根本不知道究竟是什麼情形。」
山本的臉上浮現些許苦笑。
「就是一開始去『大漁』的時候吧？」
就只有那麼一次，我曾拜託山本幫我保管公事包。
然後，公事包裡有非常多東西足以說明我的身分。
山本原本苦笑的嘴歪斜成抿嘴一笑。
看來這是正確答案。
這傢伙實在是……
或許從那瞬間開始，山本就下定決心，無論如何都要救我吧。
我們凝視著彼此一會兒。
然後，同時噗哧一聲笑了出來。
我緩緩把咖啡送入口中，重振精神詢問：

「你的父母原本就住在大阪嗎？」
「幹嘛突然問這個？我爸本來就是大阪人，但我媽是東京人。」
山本有點驚訝地回答我突如其來的問題。
「你之所以會搬家，是因為爸爸工作的關係？」
「是沒錯啦……」
我接二連三地繼續詢問神情詫異的山本：
「你是什麼時候回到東京的？你在小四的時候搬到大阪對吧？」
「嗯……算是長大的時候吧。」
「長大是指大學的時候嗎？」
「幹嘛幹嘛？身家調查？難道你還以為我是幽靈嗎？」
山本輕笑著說。
「你跟我的境遇好像。」
「跟你？」
「嗯。我只有讀高中時住在山梨，後來又回到東京。」
「這樣子啊？」

「因為老爸工作的公司倒閉……因此，高中時我住在父母位於山梨的老家。」

「這樣啊……」

「我當時對老爸和老媽說了很過分的話。」

山本沉默不語，把裝著冰咖啡的玻璃杯拿到嘴邊。

「全班只有我爸沒有工作，我對老爸說：『大家都很正常地在工作，為什麼這麼理所當然的事你做不到！』」

我邊說邊感到胸口一陣悶痛。

「但是老爸完全沒有生氣，甚至還在搬家當天跟我道歉，反而讓我更不甘心，還說不想再看到那種老爸；甚至責備母親，質問她：『為什麼妳要跟那種沒出息的人結婚，害我過得這麼辛苦！』我真是個糟糕透頂的小孩。」

我稍微笑了一下，但這張笑臉看起來一定非常悲傷。

「但不管怎麼想，我根本沒吃到一點苦頭。現在仔細想想，如果老爸願意接受自己的薪水變少，一定也能在東京找到工作。但他之所以不這麼做，是為了讓我念大學。只要回到山梨的老家，經濟層面上一定會輕鬆許多。我想他們是為了要在那三年存下讓我上大學的費用。」

山本用吸管攪拌冰咖啡，隨之響起喀啦喀啦的聲響。

「抱歉，我一直講自己的事。」

「沒關係。」

山本靜靜地微笑說道。

「你也曾搬到大阪，然後又回到東京，感覺跟我有點像。所以我們才會這麼合得來吧？」

「不，我們之所以合得來，是因為我們倆的相遇是命運使然。」

「真噁心。」

我故意開玩笑地這麼說，山本也笑了一下。

「所以……」

我繼續說道。

「所以，我覺得自己也稍微了解你的心情。從現在開始……那個……」

山本看著突然語塞的我，露出彷彿在說「怎麼了？」的表情歪著頭。

「那個、就是……我覺得自己應該也能助你一臂之力……如果、如果……如果你發生了什麼事，或是想要說點什麼的時候……說什麼都好啦！」

我講到最後，不小心用有點惱怒的語氣說話，而且為了掩飾自己的害臊，趕緊伸手拿起早就冷掉的咖啡。

「謝謝你，隆。」

我抬起頭，看見山本溫柔的眼眸。

那是一雙和我平常所見的開朗笑臉完全不同的溫柔眼眸。

偶然看見這雙眼眸時，我總是不禁倒抽一口氣。

感覺自己的心似乎被看透了。

我為了掩飾這種心情，改口說：

「話說回來，喝了冰咖啡不覺得冷嗎？還是說，幽靈比較不怕冷？」

我嘻嘻笑著，山本也靜靜地笑了。

我的心意有沒有稍微傳達給山本呢？

還是說，他只覺得我是個喋喋不休地說著怪事的怪傢伙？

如果是前者，那真是比什麼都還要令人開心的事。

但是，我依然無法窺探這個表情豐富到反而像頂了張撲克臉的男人的內心。

不過，總有一天一定——

「你在想啥啊？」
這道聲音讓我突然回神，隨後看見山本露出一如既往的表情，抿嘴微笑看著我。
「那個，突然叫你出來，提出這要求實在很抱歉……」
我有點緊張地說：
「你可以先在這裡等我一下嗎？」
「可以是可以，怎麼了？」
「也不是什麼重要的事情啦……」
我站起身來，用力地深呼吸。
然後，帶著笑臉清晰地說：
「我去提一下辭職就回來。」

山本在一瞬間驚訝地睜大雙眼，接著馬上露齒大笑。
他頂著招牌的牙膏廣告笑容，用大拇指比了個讚。
我也學他擺出牙膏廣告般的笑容，露齒大笑，並用大拇指比讚回敬。
當我轉身準備邁步往前走時，又改變心意回頭說：

「啊，對了，你的真實身分早就被我拆穿啦。你這個愛說謊的傢伙。」
我嘻嘻笑說：
「給我在這裡等著！山本……優！」

我通過公司的玄關後邁著大步走路，在走廊發出吵雜的腳步聲。
擦身而過的人都嚇了一跳，紛紛往走廊的兩邊閃避，那景象實在很詭異。
我用幾乎踢破門的氣勢，推開看慣了的辦公室門。
因為開門的力道太大，導致門撞上牆壁，發出鈍重的聲響。
辦公室內的員工全都往我的方向看過來。
部長則在距離最遠的座位上瞪大雙眼。
下一瞬間，他就把那股烈火般的憤怒丟向我，大吼說：
「吵死了！你現在才來上班還想幹嘛！」
我冷靜地說：
「整天吵得要死的人是你吧？」
辦公室內鴉雀無聲，我知道所有人一瞬間都屏住了呼吸。
部長的額頭冒出青筋。
他氣得雙唇直顫抖，靠近我說：

「你突然請假，現在又擺出這什麼態度……？」

他壓抑的聲調在寂靜的辦公室內迴盪，反而更加可怕嚇人。我甚至可以清楚聽見部長呼吸的聲音。

雖然同事們一臉膽怯，但不可思議的是，我對此毫無感覺。即使血管似乎快爆炸的部長，宛如恐怖電影中的角色般逐步逼近，我依然不害怕，甚至覺得很滑稽，費盡苦心忍耐著不要笑出來。

等部長非常靠近之後，我用宏亮的聲音宣布：

「我從今天開始不幹了！」

和一臉爽快的我相比，部長卻是激動得讓人受不了。

「什麼！最近的年輕人果真沒用！不管是誰都毫無自尊心！你願意一輩子當喪家犬嗎！你的人生真廉價！什麼工作都做不來還想辭職，那就把薪水還來！竟敢造成公司的虧損！給我賠償！我要告死你！你這薪水小偷！大家都拚命工作，就你敢說這種話！你還算是人嗎！」

部長的口中噴出各種東西，發瘋似地吠個不停。我看著他這副模樣，不禁佩服起他竟然還能夠換氣。

確認部長已經說完，正喘著大氣時，我冷靜地說：

「我可不想被沒人性的傢伙說自己不是人。」

部長發出「啊啊！」的吼叫聲，我這輩子從沒聽過這麼奇怪的聲音。

「想告我的話歡迎去告，反正我手中也有一大堆你違反勞基法的證據，要不要上法院看看？我才不想待在這種把員工當棄子使用的公司。」

部長又再度對語氣冷淡的我咆哮：

「你到底知不知道社會是怎麼一回事啊！在這種地方挫敗的傢伙，這輩子不管做什麼都註定會失敗！」

為什麼不惜呼吸困難，也要吼叫到這種地步？

況且，為什麼我的人生非得被一個陌生人說三道四？

只有真正擔心我的人，才有資格過問我的人生。

怒氣湧上心頭。

難道部長以為我是因為害怕而沉默不語？他露出把人當傻瓜的表情，大言不慚地說：

「反正像你這種傢伙，一輩子都是喪家犬！」

這一瞬間，似乎有什麼東西從我體內蹦出來。

「你憑什麼評論我的人生！」

聽見我怒吼，部長突然噤聲。

「我的人生才不是為了你，也不是為了這間公司而存在！我是為了我自己，還有我重視的人而活！」

我邊說邊感嘆眼前這個人竟然如此悲哀，因此心痛不已。

「滿口喪家犬、喪家犬，到底是敗給什麼東西？人生的勝負是由他人決定的嗎？說到底，人生是用勝負來區分的嗎？那怎麼樣算是贏？怎麼樣算是輸？只要自己覺得幸福不就好了嗎？我不認為自己待在這間公司會幸福，所以我要辭職。就是這樣。」

我又繼續說：

「真要說起來，你真以為這間離職率超高的公司永遠不會倒嗎？若是不停忍耐著、忍耐著，等到最後公司倒閉，連退休金都拿不到，可就後悔莫及。不提出問題所在，公司永遠不會成長。不該總是抱持『我以前就是這樣做，你照做就對了』的想法，應該要配合時代的變遷而修正才對吧？不管是人還是制度，都必須改變！」

稍微收斂了激動態度的部長控制著呼吸，低聲說道：

「你以為身處在這個時代，可以輕易讓你找到下一份工作嗎？人生才沒有那麼輕鬆！」

我定睛凝視著部長說：

「不輕鬆也沒關係，不如說人生不可以輕鬆度過。我就是太輕率地選擇了這間公司。不可以因為害怕待業的時間一分一秒地流逝，就抱著只要能錄取去哪裡都好的心態而選擇工作地點。接下來我要尋找自己真正想做的工作，就算費時也好，沒有社會地位也好，即使沒有工作，我也要找到不會後悔的人生道路！」

沒有人開口說話，在這詭異的空間中，我往前一步，靠近部長問道：

「部長，你現在很幸福嗎？應該沒有吧？如果你為這份工作感到幸福，就不會每天咆哮個不停。」

部長緊咬牙根，不發一語。

我轉身對同事們說：

「各位現在很幸福嗎？彼此搶奪業績，無法相信任何人，在不愉快的人際關係中工作著，你們滿意嗎？」

好幾個人避開我的視線，好幾個人靜靜地凝視我，五十嵐前輩也在其中。

我沐浴在眾人的視線中，竭盡全力地說：

「我沒有辦法改變世界！」

我感覺得出來，大家都在這瞬間停止呼吸。

「我甚至無法改變這間公司、這個部門，也沒辦法改變任何一個人的心情。我就是這麼渺小又毫無優點的人類。」

淚水不知不覺湧上眼眶。

「但就算是這樣的我，也可以改變一件事，那就是我自己的人生。如果我改變自己的人生，或許也能改變我身邊重視的對象的人生。我擁有願意擔心我的人，也有朋友，還有掛念我的父母。我還不知道自己想做什麼、能做什麼，不過，不管做什麼都好，我希望能笑著做自己想做的事情活下去。別再欺騙自己、珍惜著父母親活下去，這樣就夠了。這就是現在的我擁有的一切。」

全部說完後，我深深彎下腰，低頭鞠躬敬禮。

「至今為止，受你們照顧了。」

有人發呆，有人驚愕，也有人明顯是心有所感。我沐浴在眾人的視線中，露出微笑。

「我將這半年間拜訪過的業者所得的資訊整理成這份資料，可以的話，請各位使用吧。」
我從公事包裡拿出資料，「啪」的一聲放在桌上。
最後，我必須告知一件最重要的事。
「部長，請讓我消化所有特休，我有請特休假的權利，我已經受夠了違法的工作環境。」
部長的雙眼瞪得又圓又大，以破碎的聲音說著：「你、你……」
「至少該守法吧？如果你真的為這間公司好，就得先從這點開始改變，讓大家健康又快樂地工作。我先告辭了。」
我轉頭往出口走去，此時，後頭傳來一聲呼喚。
「青山！」
是五十嵐前輩。
前輩對停下腳步的我說：
「……加油啊。」
我看著前方，掛著笑臉說：
「好的！謝謝你！」
希望總有一天還能再見面。

走出公司的玄關後，我猛然飛也似地奔跑。已經拿出沉重的資料而空無一物的公事包，跟著我一同甩動。

我的身體彷彿羽毛一樣輕，自然而然地踩著小跳步奔跑，完全沒有發現擦身而過的路人都轉頭看著我。

我自由了，再也不會回去那個地方。

穿過馬路，前方已經可以看見山本正等著我的那間咖啡館。

我飛奔至入口，喘著氣衝上二樓。

我抖動著肩膀大口喘氣，看向剛剛所坐的窗邊座位。

但是，山本不在那裡。

「咦？奇怪？」

他去廁所了嗎？還是等得太無聊就先回家了？

我邊調整呼吸邊四處張望，見到一名女服務生朝我走過來。

「不好意思，請問是青山先生嗎？」
我感到不可思議地回答：
「對，我就是……」
「這是要給您的東西。」
她遞給我一張摺得小小的便條紙，看我摸不著頭緒地收下後，便輕輕點頭致意離開。
有股不好的預感。
我盯著放在手心上、摺得小小的便條紙，下意識地不想打開。
他原本坐著的窗邊座位還放著玻璃杯，裡頭殘留一點咖啡，冰塊幾乎都融化了。
不久前他還在這裡吧？
從座位旁的窗戶可以俯瞰我剛才走過的馬路。
他剛剛有從這扇窗看到我嗎？
他是用什麼表情看著我像笨蛋一樣甩著公事包跑步呢？
我佇立在原地不動，便條紙還放在手心。
如果打開來，就再也見不到他——

我有這個預感。

突然出現在月台，闖入我內心的他。

他盡自己所能，改變他人的人生後，默默地跑去哪裡？

我原本想著從今以後由我來幫助你……

為什麼要選擇一個人活下去呢？

你又該由誰來拯救？

喂，山本。

你也有得到幸福的權利啊。

我一直凝視著手心上的小紙條。

十一月二十一日（二）

上午九點三分，充斥灰色西裝的月台今天依然安靜。我也一如既往，靜靜地讀書，讀著我一直很想看的《相對論》。雖然不管怎麼讀都看不懂，但總覺得好像可以理解愛因斯坦想說的事。能否看懂的重點應該在於心意有沒有相通吧？

正如同我當時的預感，從那天以後，我再也沒見過山本。雖然手機裡存有山本的電話號碼，但是不管怎麼打，電話另一端只會傳來空虛的回應聲。

『您所撥的電話現在無人使用……』

真是個毫無破綻的傢伙。

辭職之後，我發現了一件事。

沒有工作果然很令人不安。

雖然這是理所當然的事，但沒有收入造成的精神焦慮比想像中還要煎熬。

辭職後悠閒度日的日子只有短短幾天，之後，不安只會隨著時間流逝而加深、擴大。

整天盯著轉職網站，想要盡早找到工作的心情逐步逼迫自己。

但是，如果因此不上不下地開始工作，也就失去了這次辭職的意義。

我必須找到打從心底想就職的公司，以及打從心底想做的工作才行。

話雖如此，我還是得付房租和伙食費。

我決定姑且先從事短期派遣的工作或兼職打工，賺取不耗用存款也能過活的最低限度生活費。我不要像以前一樣拚命工作，得邊尋找自己想做的事情邊打工，希望先過著尋找自我的時間與工作的時間各半的生活。

即使如此，不安還是會席捲而來。無職的期間越長，恐怕會對重新就職更加不利吧。

真是的，人生實在太辛苦了。

我抬頭仰望天空，看著與月台的色彩完全不搭調的清澈晴朗藍天，不禁瞇起雙眼。

然後我大大地深呼吸，一天又要開始了。

右邊的大叔眉頭緊皺地瞪著報紙，那模樣彷彿是個戰士，準備接受從今天起整整一週的挑戰。後方是一位肩上掛著非常大的包包、似乎是ＯＬ的女性。她應該是業務吧？穿著高跟鞋走路一定很辛苦。

在這裡的人們都各自背負著辛苦的生活。
如此一想，令我不禁想溫柔對待周圍這些與我的人生毫無關係的人。

我偶然與左邊的人對上眼。
一名似乎是高中生的少年，露出發呆般的神情站在隊伍最前方。
已經早上九點了，現在才要上學嗎？是不是遲到了？
不知道為什麼，我很在意他。
那張側臉似曾相識。
胸腔內部彷彿被人緊緊揪住，傳來一陣又沉又重的疼痛。
對了，這張臉是……
——那時候的我。

下一個瞬間，少年的身體搖搖晃晃地往鐵路的方向傾斜。
我使勁伸長自己的手，抓住少年軟弱細瘦的手腕，用盡全力把他拉回來。
我們倆屁股著地，雙雙跌坐在月台上。

嚇人的大音量警笛聲，響徹整座月台。
我的心臟劇烈跳動，抓著少年手腕的右手顫抖個不停。
少年用充滿淚水的雙眼看著我。
我對著他露齒大笑。
然後，用顫抖的聲音說：
「好久不見……是、是我啊……我是山本！」
我靈機一動，說出他的名字。
然後，用空出來的左手緊抓褲子的口袋。
口袋中放著自那天起放在那裡的小紙條。
『人生並沒有那麼糟，對吧？』
山本，我也能把這句話傳達到這孩子的心底嗎？

十二月二十四日（二）

我踩著昨晚細心擦拭過的皮鞋，走在磨得光亮的走廊上。聽到以固定節奏喀喀作響的聲音時，更實際感受到自己回來了。

回到了久違的職場。

一名熟識的女性從我的對面走來，她一身全白的制服，一眼就能認得。

她看見我之後笑了笑。真是漂亮的笑容。

「醫生！聽說你通過考試了！恭喜你！」

我也帶著微笑回答：

「終於拿到正式的職稱了，這下子可脫離尼特族囉。」

「說什麼尼特族。你今後不也打算繼續當約聘的員工嗎？」

「是啊，這樣比較自由。」

「真棒啊，好羨慕你，『契約臨床心理師』聽起來有夠帥氣呢。」

「妳也常說工作得很累，想聊的話可以隨時找我喔。」

「為了不找你聊，我會找機會休息的。」

她像是開玩笑般，繼續以擅長的溝通技巧說：

「對了，今天開始有一位新來的心理諮詢師要來實習喔。」

「在這時期？真稀奇。」

「對方不想在醫院工作，希望當就業諮詢師的樣子。他似乎想先在這裡累積經驗。」

「妳掌握情報的速度還是跟以前一樣快。」

我打從心底佩服地這麼說，她便揚起嘴角露出得意的笑容。

「這點小事我當然知道！護士的情報網可不只有這點程度，醫生也要小心點喔～」

「真恐怖啊。」

我誇張地皺起眉頭。

我們相視而笑後，她收起輕鬆的表情說：

「最近需要心理諮詢師的地方越來越多了。」

大家的心都病成這副德性嗎？真是個難以生存的世界啊。

「是啊，雖然我的理想是沒了這種職業，大家也能活得更好，但似乎是不可能的事。」

「這和警察是一樣的吧？最終理想是不需要警察的世界，但實際上可無法這麼做。」

「哦！真會比喻耶。」

我這麼說之後，她又滿足似地笑了笑。

然後，她發現護士長人正在遠處，便露出一臉不妙的表情。

「我會被罵翹班偷懶的，先回去囉～」

她說完後又笑了一下，精神抖擻地離去。

有句話說「與你面對面的人的表情，是映照出自己表情的鏡子」。因此，光是擁有一張美好的笑容，就是一項非常了不起的才能。

從這個角度來看，這位護士很適合這份工作吧。

不過在這世界，能夠找到自認為適合自己的工作，其實算是非常幸運的人。

放棄夢想，不停重複體驗挫折，找不到自己的可能性就結束人生的人，也不在少數。

然後，不管找不找得到天職，大家都得不停嘗試、不停犯錯，在焦慮痛苦之中生存下去。

直到現在，我都會想起純最後說的那句話。

「我已經沒事了，抱歉讓你擔心。」

他勉強自己露出一張悲傷的笑臉。

我忘不掉那張臉。
說完的隔天，他就從公司的頂樓一躍而下。
要是當時逼他辭職就好了。
為什麼我沒辦法拯救他？
應該還有其他能救他的話可說吧？
直到現在，我仍會做惡夢。
我夢見自己在頂樓伸出手，試圖抓住純。純卻與我的手擦身而過，往下墜落。
他帶著悲傷的笑容，被深不見底的黑暗吞噬。

我們明明共享一條生命，一分為二誕生於世。
明明只有我最了解純。
我們倆長得很像，像到連父母都會認錯。
當純死去以後，我再也無法直視鏡子。
每天早上洗臉時，一看到鏡子，就覺得他正用悲傷的眼眸凝視我，似乎想跟我說什麼……
我幾乎要發瘋，忍不住打破洗手台上的鏡子。

從那之後過了五年，我現在才勉強可以照鏡子。

但即使到了現在，當我在毫無心理準備的狀態下撞見映照出自己的東西時，心臟依然會劇烈跳動。

不管是街角的玻璃櫥窗、順路走進的咖啡店內牆上的鏡子、偶然進入視野中的車窗，只要突然看見自己的身影，我都會吞下口水、佇立不動。

就算勉強可以照洗手台的鏡子，這個問題仍舊無法改善。

我一輩子都得背負這種心情。

不管拯救幾個人，純都不會回來。

我沒辦法改變這個世界。

但是，我想要努力拯救眼前的人。

這麼想是否只是自我中心的想法？

我所做的事，是否只是自我滿足？

「從那之後過了兩年啊……」

我下意識地自言自語。

這兩年間，我從不曾忘記。

「他」現在在做什麼呢？

我真的拯救了他嗎？

有時我會為此感到不安。

但只要一想起最後看到的小跳步，就會相信他一定沒問題了。我還是頭一次看見穿著西裝亂甩公事包、小跳步著穿過馬路的男人。

只要想到那模樣，我就不由得竊笑。

那小跳步治癒了我的心。

他為我留下「只要一回想起來便想笑」這麼一件小小的幸福。

我則留了一張小紙條給他。

如果那能稍微成為他的精神支柱，那麼，當時我所做的事就有意義了吧。

為了生存，不論是誰都得工作。

這世上不只存在值得效力的工作，毫無邏輯的職場環境也不在少數。

如果大家都隨時辭職，可能就無法建構成一個社會。
但是，任何人都沒有必要為了社會犧牲。
大家都在尋找得到幸福的機會。
即使完全無法發現那個機會，但至少可以察覺一次改變人生的時機吧。
就看自己能否伸手掌握住時機。
或許在那個時刻，會被身邊「某人」所說的話語大幅左右人生。
不管是爸爸、媽媽還是我，都無法拯救純。
幾十年後的某一天，如果可以在那個世界再度見到純，我有辦法對他說出那句話嗎？

「優醫生好！」
可愛稚嫩的聲音讓我回過神來。
才剛讀國小的女孩牽著母親的手站在眼前。
「妳好。」
我慌張地以笑臉回應。

「媽媽、媽媽，妳知道嗎？」
女孩拉了拉媽媽的手，努力地說：
「因為優醫生很溫柔，所以才叫做優醫生喔。」（註5）
我以笑容回答說：
「醫生可不只是溫柔，是純粹又溫柔喔。」
她的母親笑了。
「『純粹』是什麼意思？」
女孩笑著問。
「嗯……就是心很漂亮的意思吧？」
聽完我說的話，女孩跳來跳去地問說：
「我也很純粹嗎？」
我和她的母親相視而笑。
「是啊，未實也既純粹又溫柔喔。」

註5 日文的「溫柔」，漢字寫作「優しい」。

她興奮地高舉雙手，不停地說：「人家也很純粹～」
那天真的模樣正可說是「純粹」的體現。
「差不多該走囉。」
母親牽起跳來跳去的女孩的手，催促著說。
看著一臉有點遺憾的女孩，母親說了兩人間的約定：
「不是說好要去買聖誕節蛋糕回家嗎？」
女孩聞言，開心得整張臉亮起來。
然後，她用閃閃發光的雙眼問我說：
「我可以下次再來找優醫生玩嗎？」
「嗯，好啊，我會等妳。」
我回答後，她滿臉笑容地對我揮揮手說再見。
我也跟著揮手道別，目送踩著小跳步的女孩與她母親的背影。
如果她永遠都能維持這麼開心的模樣就好了。
總有一天，她也會撞上人生之壁吧。
……我就是愛想這種憂鬱的事，才會被護士們謠傳說「醫生有時候很陰沉」吧。

就在我獨自苦笑的當下——

「原來你在醫院不會講關西腔啊？」

我轉頭看向從背後傳來的聲音。

然後，懷疑起自己的眼睛。

聲音的主人繼續對茫然的我說：

「醫生，我也有想拯救的人。我曾被那個人拯救過，這次輪到我拯救身處痛苦中的他。」

他身穿白袍，用溫柔的眼神凝視著啞口無言的我。

「所以，今後要請你多多指教囉，山本醫生！」

隆說完，彷彿牙膏的廣告代言人般露齒一笑。

喂，純。

人生並沒有那麼糟啊。

後記

初次見面，我是北川惠海。由於獲得第二十一屆電擊小說大賞的「MediaWorks文庫賞」這麼一項美妙的獎賞，讓我得以出書，真的非常感激。電擊小說大賞的相關人士願意選擇我尚待磨練的作品，我在此誠摯表達謝意。

冒昧詢問各位，是否曾因為什麼契機而使自己的人生有所改變呢？

例如最喜歡的偶像講的一句話、喜歡的漫畫家畫的一格漫畫、尊敬的作家寫的一小節文章等等，或是身邊重視的人所說的話，甚至說不定也可能是最討厭的人脫口而出的一句話。

對我的人生影響甚鉅的是一本小說。

我的心為之撼動，好想寫出這種小說——

這般想法從後頭推著即使滿腦子「想寫小說」這種念頭也從未踏出過一步的我，漂亮地讓我往前進。然後，不知不覺間，不可靠的青山隆和不可思議的山本現身，給了我一個機會。人生真是不知道何時會發生什麼事，萬分感謝隆和山本。

對我來說，書是最棒的娛樂，書店等同是主題樂園。可以把自己的書放在這種地方的一個角落，和素昧平生的人共享心情，簡直就像做夢一樣。我很開心，同時有點害怕。

確定獲獎後約五個月，我終於能以作家的身分立足於起跑點，一切才正要開始。接下來該選擇怎樣的道路，全都由我決定。為了不要駐足不前，我希望自己別忘記初衷，持續精進。

希望能讓人在書店看到我的新作之後說：「啊，這個人是寫《不幹了！我開除了黑心公司》那本小說的人！」然後，希望總有一天能讓大家笑著說：「北川這作者怎麼又出現了！」

我期許自己能逐一完成自己訂立的各項目標，慢慢走在作家的人生道路上。但願能與各位一同努力。

文末，衷心感謝閱讀這本書的你。

若能讓你感到些許快樂，便是我的榮幸。

誠心祈禱我們還能再相見。

北川惠海

國家圖書館出版品預行編目資料

不幹了！我開除了黑心公司 / 北川惠海作；古曉雯譯.
-- 初版. -- 臺北市：臺灣角川, 2015.11
面；　公分. --（角川輕.文學）

譯自：ちょっと今から仕事やめてくる
ISBN 978-986-366-789-6(平裝)

861.57　　　　　　104019772

輕文學 Light Literature

不幹了！我開除了黑心公司

原著名＊ちょっと今から仕事やめてくる

作　　者＊北川惠海
插　　畫＊やまざきももこ
譯　　者＊古曉雯

2015年11月25日　初版第1刷發行
2017年8月16日　初版第3刷發行

發 行 人＊成田聖
總　　監＊黃珮君
總 編 輯＊呂慧君
副 主 編＊溫佩蓉
美術設計＊邱靖婷
印　　務＊李明修（主任）、黎宇凡、潘尚琪

發 行 所＊台灣角川股份有限公司
地　　址＊105台北市光復北路11巷44號5樓
電　　話＊（02）2747-2433
傳　　真＊（02）2747-2558
網　　址＊http://www.kadokawa.com.tw
劃撥帳戶＊台灣角川股份有限公司
劃撥帳號＊19487412
法律顧問＊寰瀛法律事務所
製　　版＊尚騰印刷事業有限公司
I S B N＊978-986-366-789-6

香港代理＊香港角川有限公司
地　　址＊香港新界葵涌興芳路223號新都會廣場第2座17樓1701-02A室
電　　話＊（852）3653-2888